老虎先生，
贝琪和
海龙

老虎先生，
贝琪和
海龙

［英］莎莉·加德纳 ◉ 著

［英］尼克·马兰德 ◉ 绘

孙春露 ◉ 译

图书在版编目（CIP）数据

老虎先生，贝琪和海龙 /（英）莎莉·加德纳著；
（英）尼克·马兰德绘；孙春露译. — 北京：北京联合
出版公司，2021.11
　　ISBN 978-7-5596-5601-8

Ⅰ. ①老… Ⅱ. ①莎… ②尼… ③孙… Ⅲ. ①儿童小
说－中篇小说－英国－现代 Ⅳ. ① I561.84

中国版本图书馆 CIP 数据核字 (2021) 第 205230 号

MR TIGER, BETSY and the SEA DRAGON
Text copyright © Sally Gardner, 2019
Artwork copyright © Nick Maland, 2019
First published in the UK in 2019 by Zephyr, an imprint of head of Zeus Ltd
Simplified Chinese translation copyright © 2021 by Beijing Tianlue Books Co., Ltd.
ALL RIGHTS RESERVED

老虎先生，贝琪和海龙

著　　者：[英] 莎莉·加德纳
绘　　者：[英] 尼克·马兰德
译　　者：孙春露
出 品 人：赵红仕
选题策划：北京天略图书有限公司
责任编辑：夏应鹏
特约编辑：钱凯悦
责任校对：邹文谊
美术编辑：刘晓红

北京联合出版公司出版
（北京市西城区德外大街83号楼9层　100088）
北京联合天畅文化传播公司发行
北京盛通印刷股份有限公司印刷　新华书店经销
字数30千字　889毫米×1194毫米　1/32　6.75印张
2021年11月第1版　2021年11月第1次印刷
ISBN 978-7-5596-5601-8
定价：43.80元

版权所有，侵权必究
未经许可，不得以任何方式复制或抄袭本书部分或全部内容
本书若有质量问题，请与本公司图书销售中心联系调换。
电话：010-65868687　010-64258472-800

献给艾米莉亚·巴勒特，给你我所有的爱。

——莎莉·加德纳

献给苏茜和戴维，爱你们。

——尼克·马兰德

1

有一座在世界地图上找不到的小岛,字母表中的字母们就来自这里。由于每个故事都是由单词开始,而每个单词都是由字母组成,所以,由字母表中的字母们用它们组成的单词来讲述这个故事,才是最公平不过的。

☆ ☆

故事要从一个风雨交加的日子说起,雨点在"凯特尔·布莱克号"——在七大洋航行的最可怕的海盗船——的甲板上跳着闪耀的舞步……

"不好意思,"老虎先生说,"我不是有意要打断你,不过你不觉得,如果你从介绍贝琪·K.格劳瑞开始,而不是和海盗们一头扎进波涛汹涌的大海深处,才不会令人困惑?如果我要发表演讲,我会首先介绍贝琪有着紫色的头发、明亮的绿眼睛、玫红色的脸颊和一张甜美的雀斑脸。她是阿方索·格劳瑞先生的女儿。格劳瑞先生以制作最神奇的冰激凌而闻名,他做的冰激凌比你吃过的任何地方——不论在不在世界地图上——的冰激凌都好吃。她的妈妈默特尔是一条没长雀斑的美人鱼,就像美人鱼那样生活在海里。而爸爸和贝琪都长着腿,他们住在"格劳瑞先生咖啡馆"上方那座高耸迎风的房子里。你可

以不带一丝虚假地补充一句,他们是一个非常幸福的家庭。但话说回来,我又不发表演讲。"

"尊敬的老虎先生,"字母说,"我们将用我们组成的单词,用我们自己的方式来讲述这个故事。"

"这只是一个建议,"老虎先生说,"不过,我喜欢一个好的开头,而且,要想让你们所有的单词不至于以失败结尾的话,你还需要一个精彩的中间环节。你不觉得吗?"

"从前……"字母表中的字母们说。

"完美!"老虎先生说。

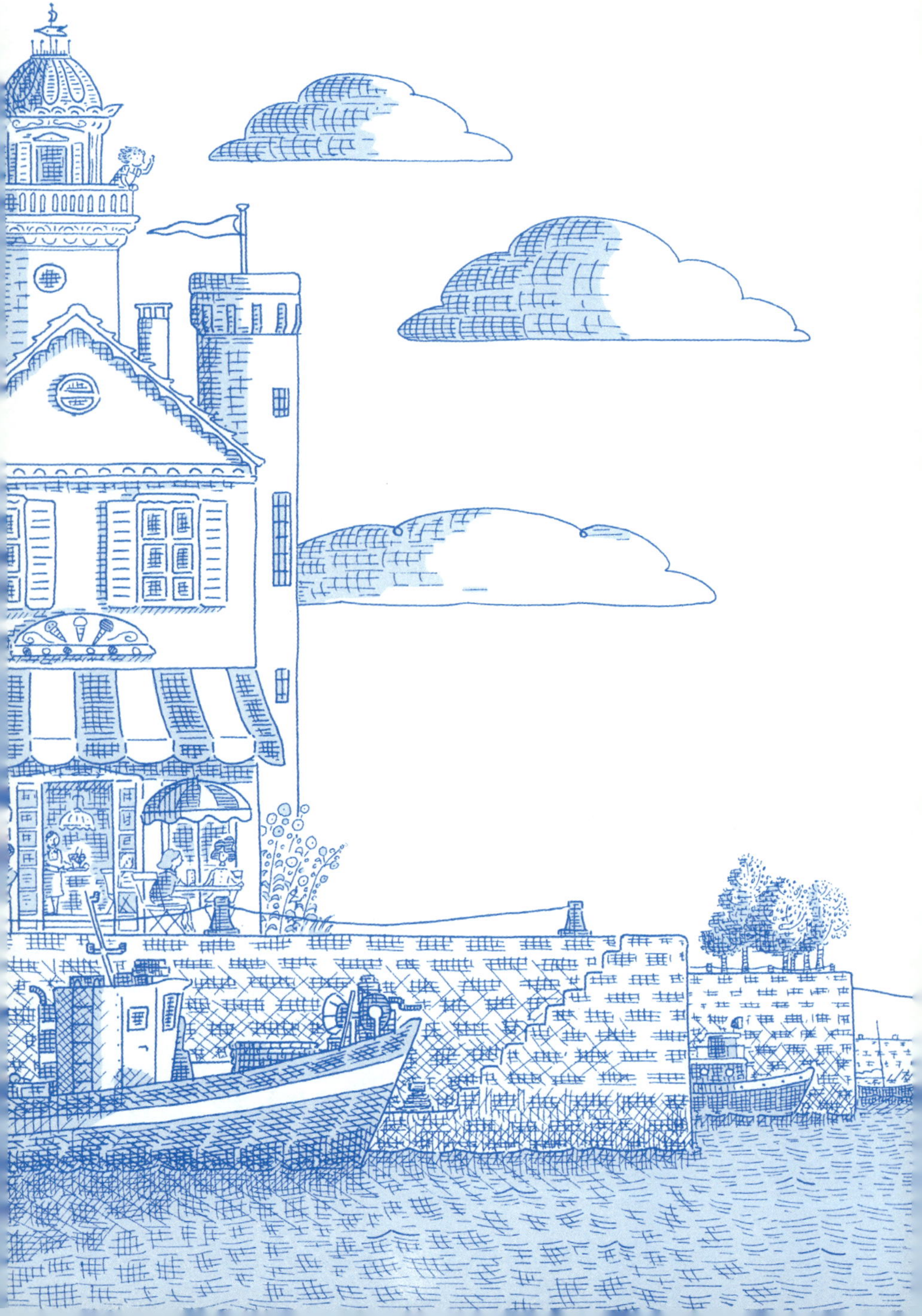

2

贝琪·K.格劳瑞曾确信老虎先生会在周日之前回来。可是,许多个周日到了,许多个周日走了,日子开始变得像一只没被遛过的狗一样乏味。然而,还是没有老虎先生和他的刚格隆杂技演员马戏团的任何踪迹。后来,出乎意料地,贝琪收到了一张明信片。明信片正面画了一条海龙,反面明显是老虎先生的爪子写的：潮汐变了，有一股猩红的妖风在肆虐。

贝琪不明白这是什么意思。

她把明信片拿给正在寻找自行车打气筒的爸爸看。

"这是什么意思？"她问。

"找找我的袜子。"他说。

贝琪拿起爸爸的报纸，念了一下头条的标题：

五十年后，蛋要回家了

她一边吃着玉米片，一边接着往下读，

我们很高兴地宣布，海龙节的筹备工作正在进行之中。

文章以承诺更多精彩新闻即将到来而结尾。

对贝琪来说，这个节日只是睡前故事的素

材。因为这个节日五十年才举办一次,所以没几个岛民能说他们真的参加过。节日分为两部分,上半场是纳吉爸爸带着它的蛋从海里出来。

你瞧,海龙妈妈,也就是纳吉妈妈,从不离开她那位于海浪之下七十里格①的海苹果园,是纳吉爸爸每隔五十年把蛋带到这个在世界地

---

① 一种长度单位,相当于3英里或4000米。——译者注

图上找不到的小岛上。岛上的居民们照料着这枚蛋,当海苹果园里的海苹果变成纯金的时候,纳吉爸爸就知道他的蛋已经孵化,他回来参加节日的下半场。岛上的居民们穿上他们最好的衣服,还有街头派对、游戏以及一整天的傻乐和庆祝。每个人都来向海龙宝宝纳吉纳格温情

道别,纳吉爸爸会带着他回到海苹果园和他妈妈的身边。

"脆皮蛋糕!"贝琪说,"我现在就要见到他们了。"

3

第二天是星期三,一大早,妈妈拿着一封由乌龟送来的信出现了。信是她姐姐,也就是贝琪的珊瑚姨妈寄的。妈妈坐在厨房,把尾巴放在水桶里,大声读起信来。

"珊瑚说她和海妖歌手们已经被召去值班了。"

"哦,天哪。"爸爸惊慌地说。

"她还说,她本想请我们接待弗洛斯·格林,只是我们的房子不适宜人鱼居住。"

"还不行,亲爱的。"爸爸说。

"弗洛斯·格林是谁?"贝琪问。

"你表哥——还记得吗?"

"哦,记得,当然记得。"贝琪说,由于她长着两条腿而不是尾巴,所以没怎么见过妈妈的亲戚。

"海妖值什么班?"

妈妈想装糊涂的话,她会变得非常"水"。她说这跟沉船和海盗有关。

"总得有人负责让大海远离麻烦,如果我们美人鱼不做,谁会做呢?"

"你们是怎么做的?"贝琪问。

"哦,通过唱歌。"妈妈说的时候,眼神已经飘向了远方,这意味着继续询问这个话题不会再有答案了。

"信里还写了什么?"

"信里还说,在世界地图的边缘已经出现

过好几次海盗船的踪迹，珊瑚姨妈认为，这边有大量海藻覆盖，海盗们从不会过来。"

4

卡利科·凯特尔船长是一个暴脾气海盗。他长着蓝胡子，有一只木手和三颗金牙。据说他的脾气比火药引信还急，尽管这些日子他已经温和了些。现在，他不怎么寻找其他船只来搞破坏了，而是更想寻找一座在世界地图上找不到的小岛。凯特尔船长的追寻始于当他听到一个老走私贩的故事时，这个故事从一个海盗毛茸茸的脸传到另一个海盗毛茸茸的耳朵里。就像所有没写在纸上的故事一样，这个故事越传越长。但卡利科·凯特尔船长想要

基本的事实，而不是丝毫为了丰富事实添加的谎言。而且老走私贩告诉他，他曾经证实过这样一座岛真的存在。

他的话绕啊绕，转啊转，转得像一团海雾，直到船长咆哮着说："证据在哪儿？给我看看证据，你这个底舱的老耗子！"走私贩从灯笼裤里掏出一个小箱子，用链条拴在他称之为"邪恶木钩"的手腕上。

"在这里，"他说，"证据就在这里边。"

卡利科·凯特尔船长不是一个有耐心的人，他的短剑一挥，就拿到了邪恶木钩和小箱子，然后溜回"凯特尔·布莱克号"上。

在他的船舱里，他打开箱子，却只发现了一本书，书里全是恼人的动来动去的字词。他冲着那些淘气鬼大喊大叫，可是毫无用处。他叫来水手长、弹药猴[①]和船舱服务生，但他们之中没有人——事实上包括所有其他船员——能读得了这本书。

卡利科·凯特尔船长有了一个主意。

"我们必须绑架一些会读书的旱鸭子。"他说。

三天后，透过他的小型望远镜，他发现了

---

① 往军舰上搬运弹药的男孩。——编者注

一艘游轮。游轮的船长一看到"凯特尔·布莱克号"飘扬着骷髅旗向他逼近,就明智地决定弃船。他确保所有乘客和船员都通过救生艇安全地逃离了。

所有人,除了塞普蒂默斯·普兰克。塞普蒂默斯是一位英俊的年轻小伙,他接受过培训成了一名糕点师。这是他的第一份工作,为乘客的下午茶烘焙蛋糕和点心。他一直忙着做奶油泡芙,全然不知海盗已经登上了这艘游轮。

塞普蒂默斯非常矮小，后来他意识到，身高上的不足很可能是他被船员同事们忽视的原因。

"凯特尔·布莱克号"的水手长，三条腿的比尔，把可怜的塞普蒂默斯倒拎起来，朝卡利科·凯特尔船长喊：

"我把他扔下去吧，船长？"

"可以，"船长说，"他太弱小了，当不了海盗。"

但就在这时，一本书从塞普蒂默斯的口袋里掉了出来。

"别动，比尔！"卡利科·凯特尔船长说，他捡起书翻开，然后蹲下来，凝视着塞普蒂默斯倒着的脸，"你叫什么名字，小伙子？"

"塞……塞普蒂默斯，先生。"

"你会读这些跳得跟跳蚤一样快的讨厌的词语吗？"

"是……是的，先生，"塞普蒂默斯说，"这些是食谱。我是一名糕点师。"

"带他去厨房。"船长命令道。

当给一大堆贪婪的海盗当厨师时，制作糕点倒不是很受欢迎的技能，拯救塞普蒂默斯的是一项老掉牙的技巧：他能阅读。

5

于是，塞普蒂默斯·普兰克来到了"凯特尔·布莱克号"的厨房，与母鸡和成袋的土豆为伴。在酝酿着暴风雨的翻滚的大海上，他正竭尽全力煮一个鸡蛋给船长当早餐。

应该说，就卡利科·凯特尔船长这样强壮、魁梧的男人来说，他确实是一个非常挑剔的食客。他早餐只吃一个煮得半熟的鸡蛋，用抹了黄油的烤面包蘸着吃。他的煮鸡蛋一定要刚刚好。既不能太硬，同时无论如何，也绝不能太稀。

问题是,如果不用煮蛋计时器,几乎不可能把蛋煮到如此完美。

卡利科·凯特尔船长一看到端着早餐托盘的塞普蒂默斯,就开始咆哮,露出他的三颗金牙。

"最好是我喜欢的那样,否则你就要跳板伺候[①]了。"

他透过蓝胡子咯咯地笑着。他用他的木手破开鸡蛋壳,汤匙伸进去又伸出来。一阵短暂的沉默之后,他用丹吉尔语对着塞普蒂默斯怒吼,只有最下流的海盗才能听懂这种充满了劲爆词汇的语言,不过塞普蒂默斯体会到了他话里的亢奋。

"如果我有个煮蛋计时器,"塞

[①] 走跳板是海盗文化中常见的一种惩罚方式,通常将受刑人蒙上眼睛,捆住双手,在船舷边上搭一根木板,逼迫其向前移动,直至踏空坠入海中。——编者注

普蒂默斯说，"会有所帮助。"

"煮蛋计时器？什么是煮蛋计时器？"船长问。

塞普蒂默斯试图解释，但卡利科·凯特尔船长举起他的木手让塞普蒂默斯安静。他的手掌上刻着"闭嘴，否则"。"否则"两个字不容易辨认，不过每个人都明白这个手势的意思。

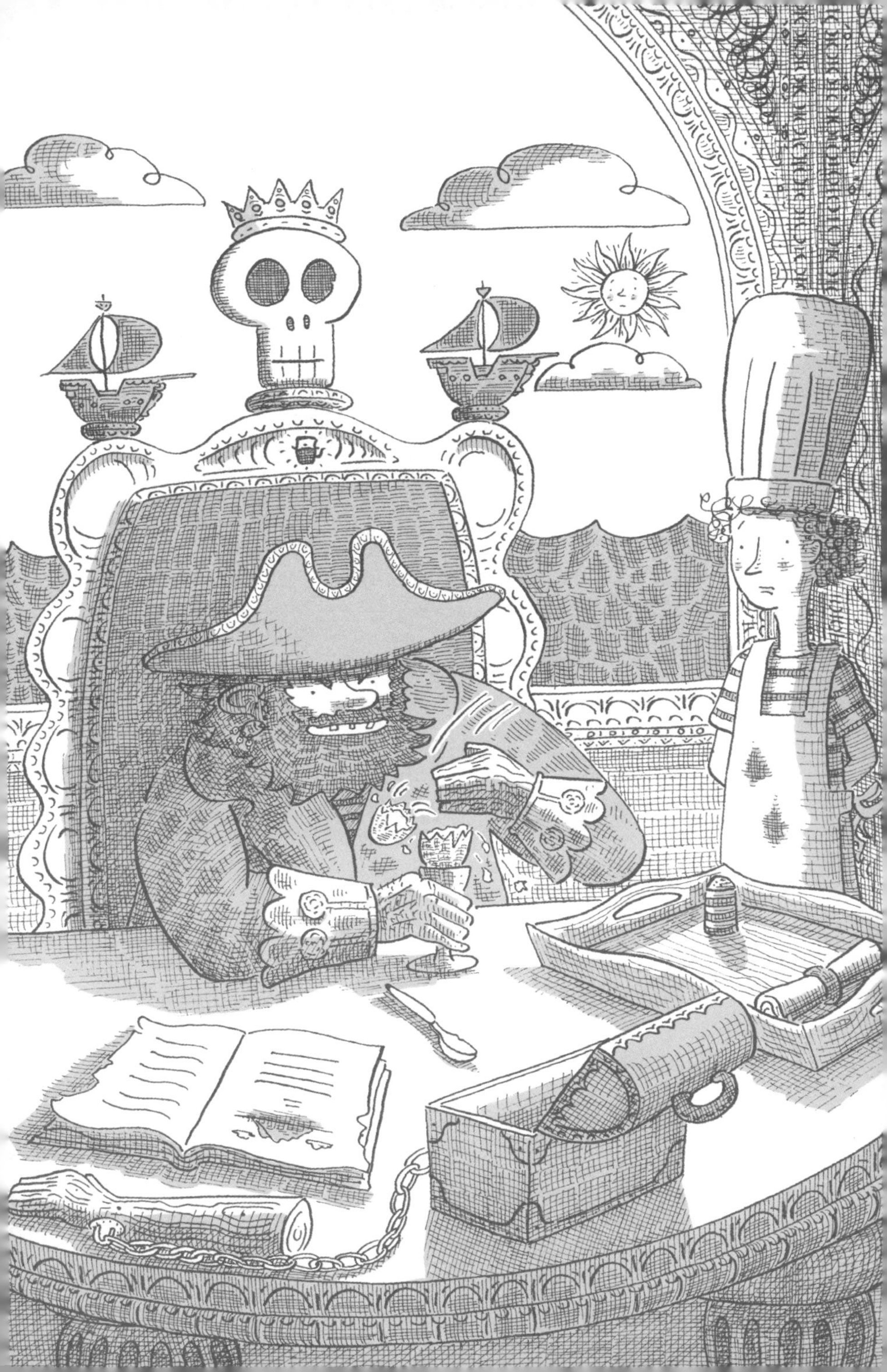

"你不是煮蛋的料,"他喊道,"但如果你能读懂这个——"船长拿起那本躺在被嫌弃的鸡蛋旁边,破旧不堪、卷了边的书,"我就不拿你喂鲨鱼了。"

塞普蒂默斯读起这本书来。它讲了一座在世界地图上找不到的小岛,讲了海龙和美人鱼。但卡利科·凯特尔船长最感兴趣的是关于海苹果园和金苹果的部分。

"果园位于海浪之下七十里格的地方,船长。"塞普蒂默斯说。"七十里格。"他重复道。

"别犯蠢了,果园是不会长在海浪下面的,"船长吼道,"都是那些讨厌的词语,它们晃来晃去想隐瞒真相。再读一遍。那个岛在哪儿,塞普蒂默斯·普兰克?"

"书上说,在没有月亮的夜晚,位于鳕鱼子和饼干两地之间的海域会刮起一股猩红的妖风。"

"然后呢?继续,继续……"

"然后你得找到暴风雨——并且驶进这股猩红的妖风里。"

6

当岛上的居民都忙着为纳吉爸爸的到来做准备时,阿尔比公主坐着她的游艇来参加节日庆典了。她曾因为被咒语变成癞蛤蟆在这里住过一段时间,已经喜欢上了这个地方。现在咒语已经解除,她又重新变回了公主。她把这个在世界地图上找不到的小岛当作自己的第二个家。她还想向爸爸、妈妈和贝琪表达正式的感谢,因为没有他们的帮助,以及老虎先生和刚格隆杂技演员们,月亮可能永远不会

变蓝,那么格劳瑞先生也就不可能做出刚格隆浆果许愿冰激凌,打破一直笼罩着她的魔咒。她或许还是只长着长舌头的癞蛤蟆。

贝琪透过卧室的窗户远远地看到了那艘

船,她期盼着也许是老虎先生。但并不是,她有些失望。不过,能再次见到阿尔比公主也很开心。爸爸做了一款特别的冰激凌纪念她的来访。他把它叫作"凤梨公主芒果乐"。

"很好吃。"阿尔比公主说,她从高高的玻璃杯里舀出冰激凌,"这款冰激凌尝起来有'永远幸福快乐'的味道,而不是愿望的味道。"

妈妈在水桶里摇着尾巴,问阿尔比公主是否找到了自己永远的幸福快乐。

"是的。"阿尔比公主说。

"你遇到王子了吗?"贝琪问。

"你不需要遇到王子才能永远幸福快乐。"妈妈说。

"而且遇到合适的王子比你想象的要难得

多。"阿尔比公主说,"大多数都是青蛙,而且再多魔法也都无济于事。"

"太可惜了。"贝琪说,她很向往能被邀请参加皇家婚礼。

"这不重要,"阿尔比公主对贝琪说,"我自己过得也很幸福。"

阿尔比想知道妈妈是怎么应付的。"我是说,房子并不适宜美人鱼居住。"

"我们过得游刃有余,"妈妈说,"我住在海里。阿方索和贝琪住在咖啡馆的楼上。"

阿尔比公主临走前,送给格劳瑞一家三份礼物。给爸爸的是一只法国号,给妈妈的是一对亮粉色的编织

针，给贝琪的是一只小小的金海马，带着链子，可以戴在脖子上。

一转眼，太阳就从炎热慵懒的天空中滚落到海里扎了个猛子，然后让位给夜晚。

贝琪蜷在她的床上，似梦非醒地对自己说："也许明天，老虎先生就来了。"

7

星期四——跟在星期三后边的那天,不管它情不情愿——到来了,老虎先生那艘蓝白相间的轮船驶进了港口。老虎先生站在船头挥手,踏板刚一放下,贝琪就跑着迎了上去。老虎先生一把把她抱起来。

"我想你了,老虎先生。"她说。

"我也想你了,贝琪·K.格劳瑞,"老虎先生说,"你收到我的明信片了吗?"

"收到了。但那是什么意思?"

"这是一个非常棒的问题。"

贝琪握着他的爪子,带他来到高耸迎风的房子里。

爸爸往咖啡馆里搬了一个浴缸,妈妈坐在浴缸里用她亮粉色的编织针织东西。

老虎先生呜呜地说:"阿尔比公主送的礼物,我猜。"

"是的。"妈妈一边说,一边小心地补上漏掉的一针。

贝琪想不明白为什么阿尔比公主会觉得妈妈可能想要织东西。她不是那种织东西类型的妈妈。

"你以前织过东西吗?"贝琪问。

"没有,"妈妈说,"我以前没有合适的针。"

"阿尔比公主给了爸爸一只法国号,"贝琪对老虎先生说,"他骑自行车会有用。她给了我一只金海马——看。"

"的确是一个非常神奇的礼物。"老虎先生说。

"怎么神奇?"

老虎先生眨了眨自己的金色眼睛。

"如果你不打算告诉我我的海马怎么神奇,或许你会告诉我你的明信片是什么意思。猩红的妖风是什么?"

老虎先生咆哮起来。"麻烦,"他阴沉地说,"那是一个在纳吉爸爸到来之前我们不需要的东西。"

8

当老虎先生在节日庆典的这天早晨来到格劳瑞先生的咖啡馆时,他的身上有一股神秘的气息。贝琪感觉他正计划着什么,但是什么呢?爸爸正要把妈妈放进浴缸里,老虎先生发出一声低吼。

"我给默特尔带了一份礼物。"他说着,然后打开了门。

两个刚格隆人抬着一个形状非常奇特的袋子,翻着跟头进来了。

"我在想,"老虎先生说,"美人鱼要想在陆地上生活,就得靠别人来移动自己。"

"我不介意,"爸爸说,"真的,我不介意。"

"可我介意,"妈妈说,"我喜欢水,因为在水里我是自由的。在这儿,我亲爱的阿方索,你要为我做的太多了。"

爸爸看起来很伤心。

"高兴点,阿方索,"老虎先生说,他拍了拍爸爸的背,"打开给你妈妈的礼物吧,贝琪。"

贝琪打开后,眼前立着一个最为非比寻常的奇妙装置。这是一个带轮子的可坐式锡制浴缸,可以用手转动踏板,还涂成了看上去就像美人鱼尾巴的样子,浴缸里装满了海水。妈妈

惊讶得说不出话来,爸爸也是。然后,她大笑起来。

"当然,"老虎先生说,"如果你不喜欢这个颜色,随时可以改。"

"不,不,"妈妈说,"这正好就是我们需要的。"

爸爸刚把她抱进可坐式锡制浴缸里,她就

冲出咖啡馆向着港口出发了。她嗖嗖地左拐一下右拐一下,贝琪跟在她身后咯咯笑着跑了一路。

"哦,老虎先生,"妈妈回来时说,"这很完美。非常感谢。"

"现在告诉我,"老虎先生说,"今天的冰激凌够我们吃吗?"

"够,"贝琪说,然后她大声说出了所有冰激凌的名字,"我们有里布尔覆盆子奇迹、巧克力太妃之乐、爆料柠檬糖、草莓烟火、满满跳花生、默特尔的薄荷味奇迹、巧克力樱桃

之乐和尼克博克……"

"但是等一下,"老虎先生说,"我们是不是忘了给纳吉爸爸的特制冰激凌?"

"没有忘,"爸爸说,然后他向老虎先生展示了五只桶,桶里装满了一种叫作咸甜海藻的冰激凌,"这是用我已故的祖父传下来的秘方制作的。五十年前海龙上一次来访的时候,他做了这款冰激凌。他跟我说,这是迄今为止海龙最喜欢的口味。"

"那么,一切都井井有条了。"老虎先生说。

☆ ☆

那天下午,阿尔比公主和老虎先生一起来到港口岸壁旁一个特别搭建的平台上,人们也都聚到了一起。他们要做的就是等待两点钟集市广场钟楼里的大钟敲响。作为马戏团的指挥,老虎先生负责主持仪式。在他的示意下,阿方索·格劳瑞吹响了他的法国号。一股喷泉冲上云霄,海水开始涌起泡沫,从中露出了海龙的头,接着是他长满鳞片的身体。这个场面让人害怕,因为他比任何人想象的都雄伟得多。

纳吉爸爸十分小心地从老虎先生蓝白相间的轮船和阿尔比公主的游艇中间挤过来,站在了港口岸壁附近。

一阵尴尬的沉默。那种当你见到一位年老的婶婶却不知道说什么的沉默。

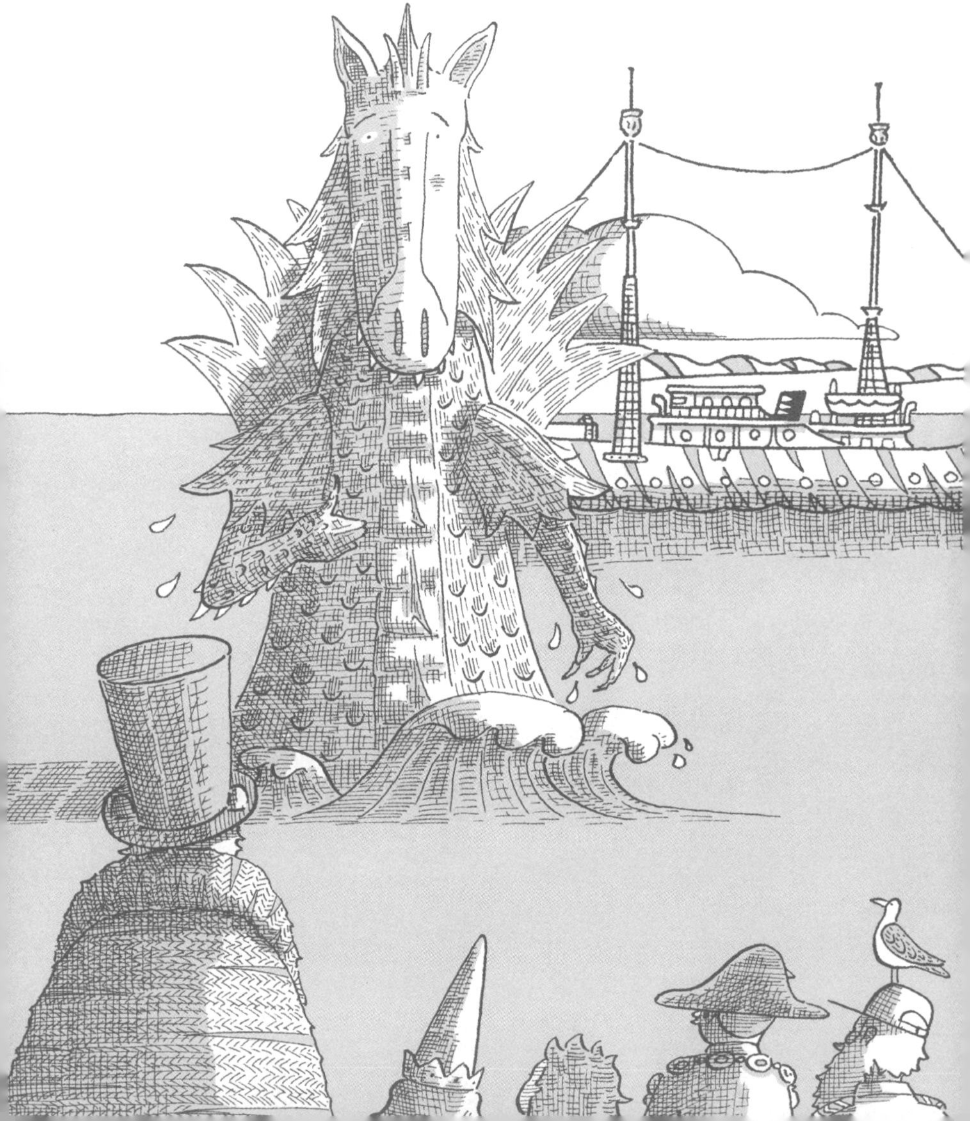

9

老虎先生走上前去跟纳吉爸爸讲话,贝琪紧紧握着他的爪子。

"我代表这个在世界地图上找不到的小岛的岛民欢迎你——伟大的纳吉爸爸,到访我们的海岸。"他说,"我们很荣幸你选择让我们来照顾你的蛋,直到它孵化。我们不会让你失望,我们也从未让你失望。我相信这条小海龙会成为他父母眼里的金苹果。我,我勇敢的刚格隆人,阿尔比公主和我们岛上所有的朋友都将永远铭记这一天。"

刚格隆人把他们尖尖的帽子扔向空中,岛民们都欢呼起来:"嘿!嘿!万岁!"

海龙好像什么也没带。贝琪在想他是不是把蛋给忘了。因为,和其他人一样,她想象着一枚海龙蛋会非常大。

当纳吉爸爸张开他长着鳞的爪子时,那里放着一枚和鸡蛋差不多大的蛋。纳吉爸爸似乎不情愿把它放在市长颤抖的双手捧着的金色垫子上。老虎先生轻轻地推了一下贝琪。她从市长那里接过垫子,勇气十足,稳得不能再稳地把垫子捧在自己手里。然后,纳吉爸爸把他的蛋放在垫子上面,张开另一只长着鳞的爪子,露出一顶银色苹果花花环,郑重地将它献给阿

尔比公主。当他目送着贝琪在镇上铜管乐队的伴奏下把蛋送到市政厅时,纳吉爸爸发出了一声可怕的嚎叫。还没等你说出"shimmering shrimps①",贝琪已经回到了港口。

"我觉得他在哭。"贝琪说。

"是的,"妈妈说,"离开你爱的人是很痛苦的。"

"也许他不该丢下它,"贝琪说,"也许他应该把这枚小小的蛋留在身边。"

"很不幸,"妈妈说,"如果那样的话,这枚蛋就完蛋了,因为它们要想在海里存活,就必须在陆地上孵化。"

① 意为发光的小龙虾。——译者注

"脆皮蛋糕。"贝琪说。

妈妈叹了口气。"许多事情都是事与愿违的。"她说。

与此同时,爸爸已经把五桶咸甜海藻冰激凌全都装进了一辆手推车里,然后尽可能大胆地将手推车推到离海龙尽可能近的地方。

纳吉爸爸先是嗅了嗅,然后把一只爪子伸进桶里,又好好舔了舔爪子。突然,他从一条闷闷不乐的海龙变成了一条快乐的海龙。然后,他开始用一种只有妈妈才能听懂的语言说话。

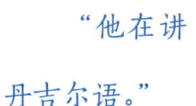

"他在讲丹吉尔语。"

妈妈小声对爸爸和贝琪说，"这是一种主要由水手们使用的语言，但我们海洋里也有几个能听得懂。"她开始翻译，"他说……他从来没尝过这么奇妙美味的冰激凌……还有——"妈妈笑了，"他上次造访时吃的冰激凌很难吃……太咸了！而这个，完全是另一爪事，堪称完美。"

妈妈不停地咯咯笑着，爸爸微微地鞠了个躬，对纳吉爸爸说了谢谢。

吃完最后一口，把桶也舔得干干净净，纳吉爸爸——让所有人大吃一惊——把爸爸拎了起来。还没等你说出"*sizzling sugar*[①]"，他就已经给了爸爸一个拥抱，并把他放回了地面。

[①] 意为嗞嗞响的糖。——译者注

岛民们欢呼喝彩，铜管乐队奏起了音乐，巨大的纳吉爸爸转过身，游离港口，吹着船夫号子消失在了波涛之下。

10

卡利科·凯特尔船长找到了正是走私贩的书中所说的"猩红的妖风",他命令他的船员们向着它直直航行。

"这,我的伙伴们,"他说,"将是一场值得纪念的风暴。"

猩红的妖风开始怒气冲冲地鼓起脸颊,雨点在"凯特尔·布莱克号"的甲板上跳着闪耀的舞步。离风暴越近，猩红的妖风就越狂怒，直到波涛卷到了山那么高。狂风把船帆撕成破布，折断桅杆，把船上的配具撕成了一片蜘蛛网。雷声隆隆、咔咔地响着，闪电划过象灰色的天空。

"凯特尔·布莱克号"上的海盗们拼命抓得紧紧的。卡利科·凯特尔船长命令把除了必需品以外的所有东西都丢掉。桶、炮弹、成袋的土豆都被扔进了海里，塞普蒂默斯本以为接下来就轮到他和母鸡了，这时，一阵狂风把船吹到了一堵水墙上。船被吹上去，又被重重地摔下来。船上的人都坚信他们撞到了礁石，正当他们担心船要失事时，他们发现自己正身处

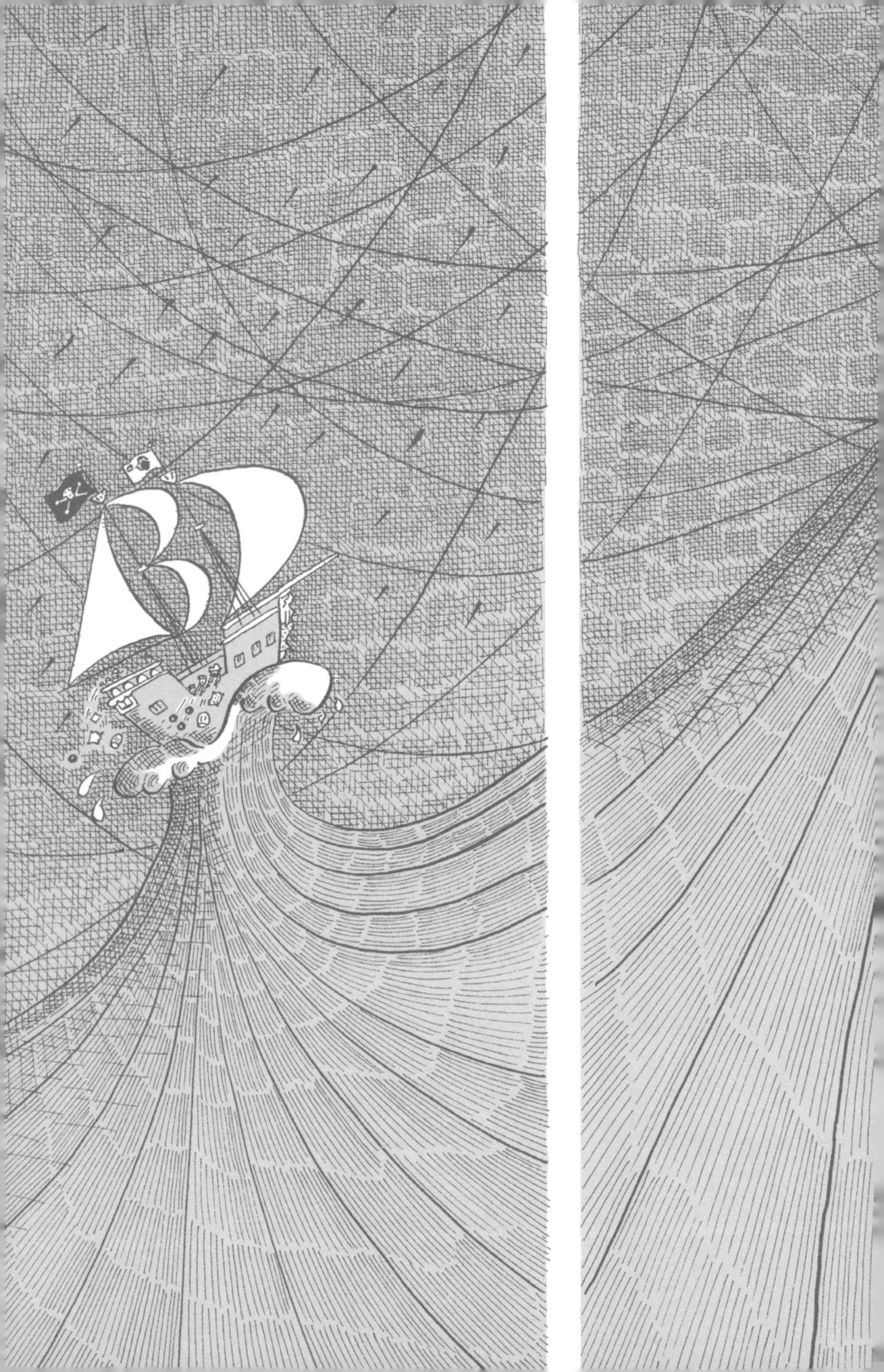

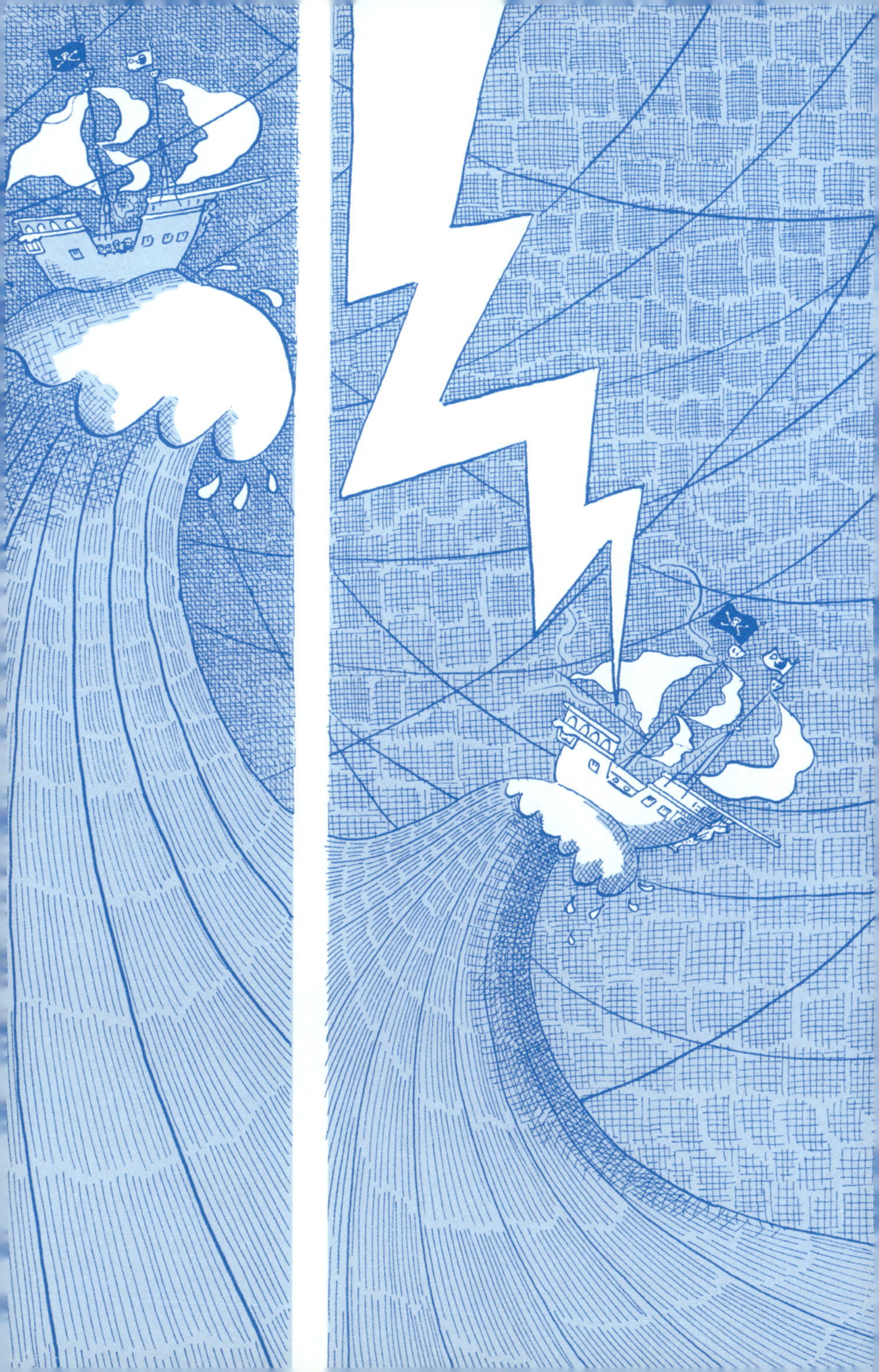

一片平静的海面，头顶是图画书般蔚蓝的晴空。除了海鸥的叫声，四周一片平静。

"我想，"卡利科·凯特尔船长透过望远镜说，"我们处于一片未知的水域。"

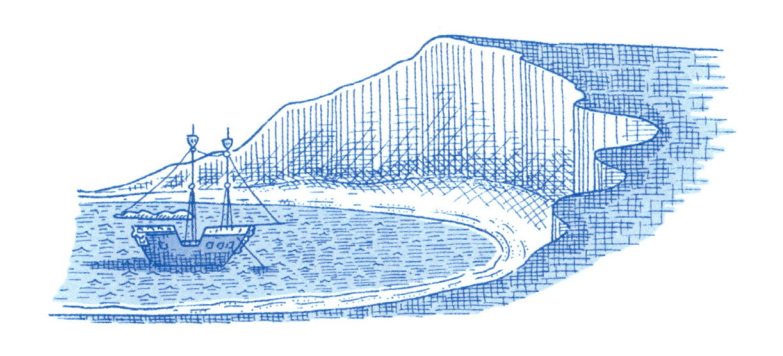

11

"**凯**特尔·布莱克号"在这座世界地图上找不到的小岛的一个海湾抛下了锚。

"我们现在要做的,"卡利科·凯特尔船长说,"就是找到金苹果园,然后我们就能富可敌国。"

"那一定非常富,"三条腿的水手长比尔说,"世界上的褶皱多得没有谁能熨平。"

但卡利科·凯特尔船长有一个问题。他需要知道金苹果园长在岛上的什么位置,他也不能询问岛上的居民，否则会被一眼认出是海盗的。

"让弹药猴去吧。"三条腿的比尔说，"他是个没用的弹药猴，但他说话好听，而且收拾得挺干净。"

接到要洗掉脸上和手上的火药并且打扮一番的命令，弹药猴不是很高兴。不过，当他明白自己的任务是去考察这座岛并绘制一张可以找到金苹果园的地图时，他兴奋了起来。水手长划着小船将他送上岸，看着小伙子带着笔记本和铅笔爬上了悬崖。

"凯特尔·布莱克号"的船长和船员们一整天都在等着弹药猴回来。卡利科·凯特尔船长的脾气越来越急，越来越急，弹药猴回到船上时，夜幕已经降临，船长的脾气快要爆炸了。

还没等这个可怜的小伙子爬上船,船长就一把抓住他那异常干净的衬衫领子。

"你找到了吗?你找到金苹果园了吗?在哪儿?"

"是这样的,船长,"弹药猴说,"果园实际上不在陆地,而是在海底。"

卡利科·凯特尔船长晃动着弹药猴,好像要把真相从他身上晃出来似的。但弹药猴还有别的话要说。

"还有一件事,船长。岛民们正在照看一枚蛋。"

"一枚蛋?什么样的蛋?"

"我不知道,看上去就像你早餐吃的那种普通的蛋,船长。但问题是……"

"什么问题?快说重点,不然……"

"他们会一直照看那枚蛋直到它孵化,然后他们会得到一个金苹果作为奖励。"

"哈!"船长说。

他把全体船员叫到一起,用丹吉尔语冲着他们吼起来。

"我已经和猩红的妖风搏斗过了,我是不会空手而归的。我们的口号是什么?我们的口号是什么,伙计们?"

"宝藏让我们相聚,"船员们唱道,"无惧风雨,宝藏让我们相聚。"

"我有一个计划,"卡利科·凯特尔船长说,

"一个邪恶的计划。我要上岸去。塞普蒂默斯·普兰克——给我拿一个鸡蛋。"

12

塞普蒂默斯在"凯特尔·布莱克号"上仅有的朋友就是那群母鸡，一群既悲哀又瘦瘪的生物。那只老公鸡没精打采地踱着步，母鸡们一个个骨瘦如柴，还饱受晕船的折磨。塞普蒂默斯为了让它们尽可能好过点，做了很多努力。母鸡们下了漂亮的蛋来回报他。

他选了他能找到的最大的蛋。蛋还是温热的，他把它放进羊毛袜子里妥善保管，然后来到船长的船舱。

"还有一件事,"弹药猴说,"是冰激凌。"

塞普蒂默斯本以为卡利科·凯特尔船长会大吼着说他对冰激凌不感兴趣,然而,他的脸上却流露出了温柔的表情。

"我喜欢冰激凌,"他说,"自从小时候我妈妈给我做过冰激凌以后,我就再也没吃过像样的冰激凌。"

塞普蒂默斯知道,这是船长变脸之前的一阵短暂的平静。说变就变,他把弹药猴踢出了船舱。

"那是什么?"卡利科·凯特尔船长指着塞普蒂默斯的袜子说。

"是你要的鸡蛋,先生。"

塞普蒂默斯解释说,鸡蛋必须轻拿轻放,

也许他陪船长一起去确保鸡蛋不破，会是个不错的主意。

"你以为船长是这周日才出生的吗？"三条腿的比尔说。

船员们放声大笑起来，卡利科·凯特尔船长举起了木手。所有人都安静下来，除了海鸥。

"你喜欢母鸡，是吗？"船长对塞普蒂默斯说。

"它们就是我的家人。"塞普蒂默斯说。

船长狠狠地打量了塞普蒂默斯·普兰克许久。卡利科·凯特尔船长不得不承认,如果他用唯一完好无损的手拿鸡蛋的话,就很难再拿他的短剑了。那他还怎么抵御攻击?

很快,他就同意塞普蒂默斯应该跟在他身边。不过,如果他敢耍什么花样,那群母鸡就要被迫走跳板。

太阳变成了红玫瑰花瓣的颜色,天空拉起它的午夜蓝天鹅绒布遮住了白昼。正当镇上的

灯光逐渐熄灭，所有岛民都已熟睡的时候，卡利科·凯特尔船长和糕点师上岸了。

64

13

那天晚上轮到港务局长看守那枚蛋。他十分确定一切都很好,于是他睡着了。毕竟,这个在世界地图上找不到的小岛上从没发生过可怕的事情。岛上的居民们从不关窗锁门,也从未有东西被盗。很快,港务局长梦见了有着金色船帆的轮船。

☆☆

卡利科·凯特尔船长命令塞普蒂默斯·普兰克脱掉他的鞋。

"我踮着脚尖走路的日子结束了，"船长说，"现在，小伙子，你知道该怎么做。记住，别耍花招，否则那群母鸡就要走跳板了。"

塞普蒂默斯蹑手蹑脚地走上通往市政厅的台阶，他惊讶地发现门没有上锁，更惊讶地

发现在大理石门厅中央，一个男人在椅子上熟睡，旁边有一枚蛋。天太暗了，塞普蒂默斯过了一会儿才意识到那枚蛋旁边放着一个煮蛋计时器。他小心翼翼地从袜子里取出母鸡的蛋，替换了金色垫子上的那枚。他不知道为什么会有人要看守一枚蛋。真是奇怪。不过,煮蛋计时器倒是非常有用。他把它塞进口袋,悄悄地朝门口走去。正当他要离开时,停在港口里的一艘游艇上的灯亮了,甲板上站着一位年轻女子。她像画一样美丽,又像瓷杯一样精致。塞普蒂默斯的心怦然跳跃了一下。

"快点。"正在台阶下等候的卡利科·凯特尔船长急切地说道。

回到在海湾里等待他们的小船那儿还有很长一段路要走。塞普蒂默斯的脑海里只有他在游艇上看到的那位可爱的人儿。当船桨掠过水面,他对着星星许愿,希望自己有朝一日能有机会遇见她。

卡利科·凯特尔船长对今晚的工作非常满意。

"他们只有给我一箱——不,两箱——不,三箱——金苹果才能把蛋要回去。"

14

由于这个在世界地图上找不到的小岛上以前从来没丢过东西,港务局长,包括其他任何人都没觉得煮蛋计时器不见了很奇怪。每个人都全力表示也许它被遗忘了,或者它一开始就不在这儿。当然,港务局长也没料到海龙蛋已经出了事,因为鸡蛋的大小和颜色都和它差不多。

老虎先生一醒来就知道出事了,因为他的尾巴抽搐了一下,他的胡须也让他烦恼。

"煮蛋计时器不会丢的。"他在格劳瑞先

生的咖啡馆里吃早餐时自言自语道。

他的怀表也不管用。猩红的妖风干扰了它的嘀嗒声。或许,他想,贝琪可能已经听到或看到了什么不寻常的事。他正要开口问,却被妈妈织东西的咔嗒声给分了心,这声音经常把老虎的思绪搅成一团。

她收了最后一针。

"穿上它,贝琪。"她说。

贝琪穿上了。无论它应该是什么,它看上去都一团糟。它太长了,它难以置信地让人发痒,它盖住了她的头和她的脸,她都看不清自己要去哪儿。

更糟糕的是,她一句话也听不见。每个人听起来都像是在水下说话。贝琪拉下头巾。

"妈妈,"她说,"这不合身。"

"不是为了合身,还没到时候。"妈妈说。

"看上去织得很不错,"老虎先生呜呜着说,"我看不出有漏针的地方。"

"没有漏针,"妈妈说,"我很小心不让它有洞。"

就连爸爸也没说一句这件衣

服不合身或者看起来很蠢。

"那，"他说，"我想我们还是继续吧。"

"继续什么？"贝琪问，"你不是说我得穿着这件衣服出去吧？"

爸爸点了点头。

贝琪不明白怎么会有人觉得这是个好提议。所有人都会嘲笑她的。

老虎先生拿起手杖，爸爸让贝琪坐在妈妈的锡制浴缸边上，他们组成一支怪异的队伍向码头走去。

首先，爸爸帮妈妈回到海里，然后把贝琪从锡制浴缸上抱起来。

"等等，"贝琪说，"如

果我穿着这个下水,我会淹死的。"

"不,你不会的,"妈妈说,"把它拉起来——盖住你的头。"

还没等贝琪说出一大堆"但是",她就已经被抱给了妈妈,然后消失在水下。

接着发生了一些事。

发生了一些贝琪根本无法想象的事。那件又扎又痒又大的针织衣开始缩水,直到变得像皮肤一样合身。所有的针脚都变成半透明状,

她低头一看,发现自己的腿被裹在美人鱼的尾巴里。

妈妈笑了。

"你看到了吗?"她说,"我只是在等合适的编织针。"

通常,贝琪在水下时,所有东西听起来都很怪,还有水泡声。而现在却是异常的通透。她在水下的视力也像在陆地上那样清晰。

"哦，脆皮蛋糕，"贝琪说，"简直太棒了，妈妈！"

贝琪花了点时间才能游得像美人鱼，习惯不用出水换气。

我们，字母表中的字母们，想在这里警告大家，世界地图上的任何角落都找不到像贝琪这样的衣服，世界地图上的任何人也都不能做这样的尝试。首先，我们不确定他们的妈妈是不是美人鱼，或者她们手里有没有合适的编织针。

继续讲故事。

待在水下而且不用担心睁眼和呼吸问题，意味着眼前有一个贝琪前所未见的绚丽世界。

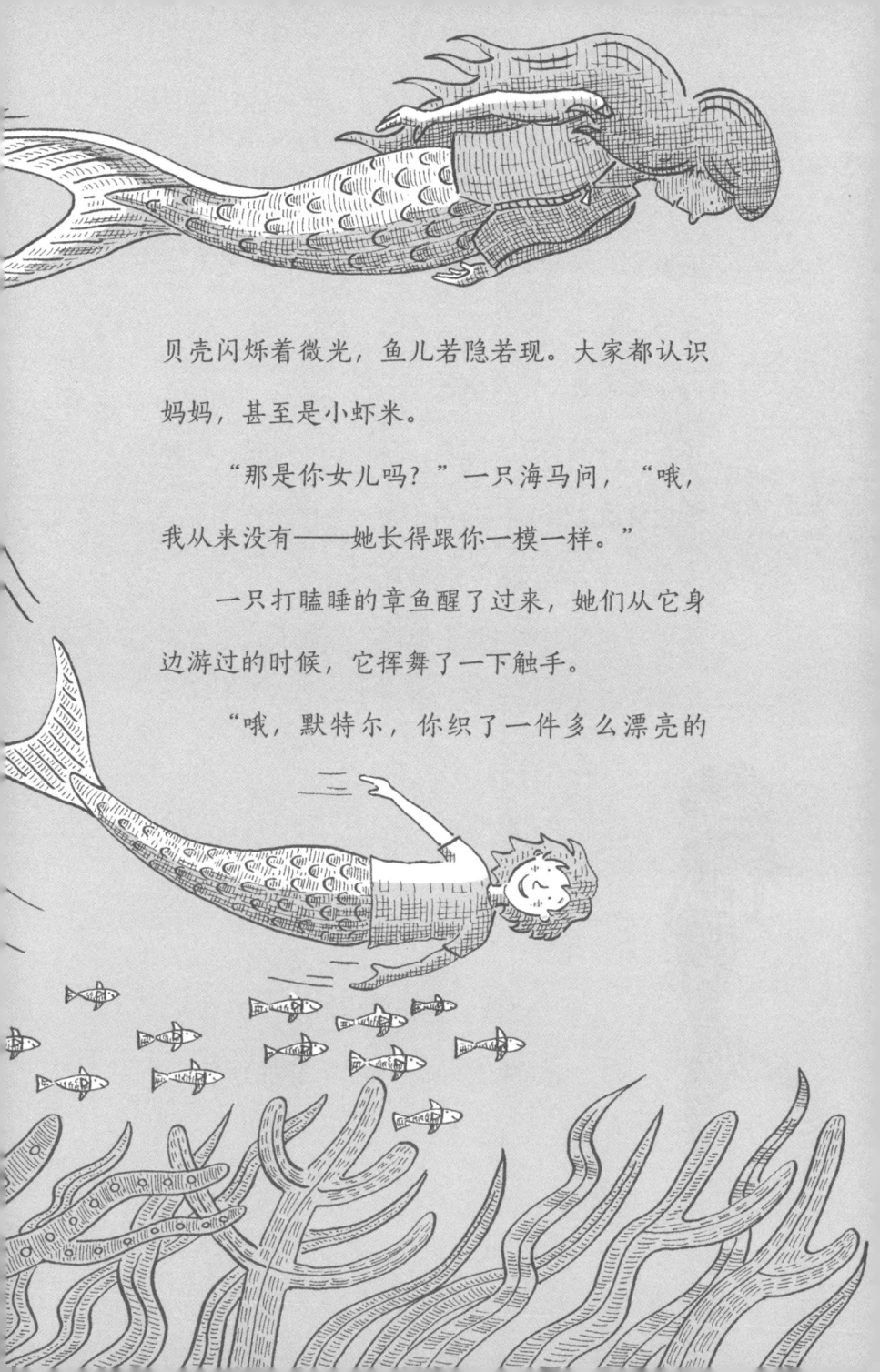

贝壳闪烁着微光，鱼儿若隐若现。大家都认识妈妈，甚至是小虾米。

"那是你女儿吗？"一只海马问，"哦，我从来没有——她长得跟你一模一样。"

一只打瞌睡的章鱼醒了过来，她们从它身边游过的时候，它挥舞了一下触手。

"哦，默特尔，你织了一件多么漂亮的

衣服啊。亲爱的宝贝现在要和我们一起生活了吗？"

"不是。"妈妈说。

"很高兴见到你们，"一只乌龟说，"你听说新闻了吗？"

"什么新闻？"妈妈说。

"新闻朝你游过来啦。"乌龟说。

就在这时，她们看到了他：一个有着亮蓝色头发的人鱼男孩。

"默特尔姨妈，"他叫道，"我是弗洛斯——弗洛斯·格林，你的外甥。"

"我当然知道你是谁，"妈妈说，"我不知道的是，你怎么会在这儿。"

弗洛斯·格林没有回答。他目不转睛地盯着他的表妹。

"哇,贝琪——我从来没见过那样的衣服。你看上去棒极了——你游起来就像一条美人鱼。"

15

爸爸和老虎先生帮妈妈和贝琪上岸的时候,发现了和她们一起的弗洛斯·格林,他们大吃一惊。

"你好,阿方索叔叔。"弗洛斯·格林说。

贝琪注意到他说话的方式听上去好像已经对咖啡馆期待许久。爸爸把他抱起来。等他们回到咖啡馆,贝琪脱下衣服并小心翼翼地把它挂起来时,她才意识到弗洛斯·格林惹了多大的麻烦。妈妈说她的姐姐珊瑚,也就是弗洛斯·格林的妈妈,发现他不在海豚夏令营会暴跳如雷的。

弗洛斯解释说，他已经受够了海豚学校，这所学校太严格了，而且海豚们根本不玩游戏，食物也很难吃，他们从来没吃过冰激凌。

这让妈妈笑了。

"请别把我送回去。"弗洛斯说。

"暂时不会，"妈妈说，"你是我们的客人。"

爸爸给弗洛斯拿了一桶水。

那天晚上，他们应邀到老虎先生蓝白相间的船上吃晚餐，妈妈和弗洛斯还可以在甲板上的游泳池里洗澡。

弗洛斯·格林从来没见过刚格隆人。晚餐结束后，小小的杂技演员们穿着色彩鲜艳的衣服，戴着尖尖的帽子呈上了一场演出。他们在空中旋转飞行，沿着桅杆上上下下，他们四人

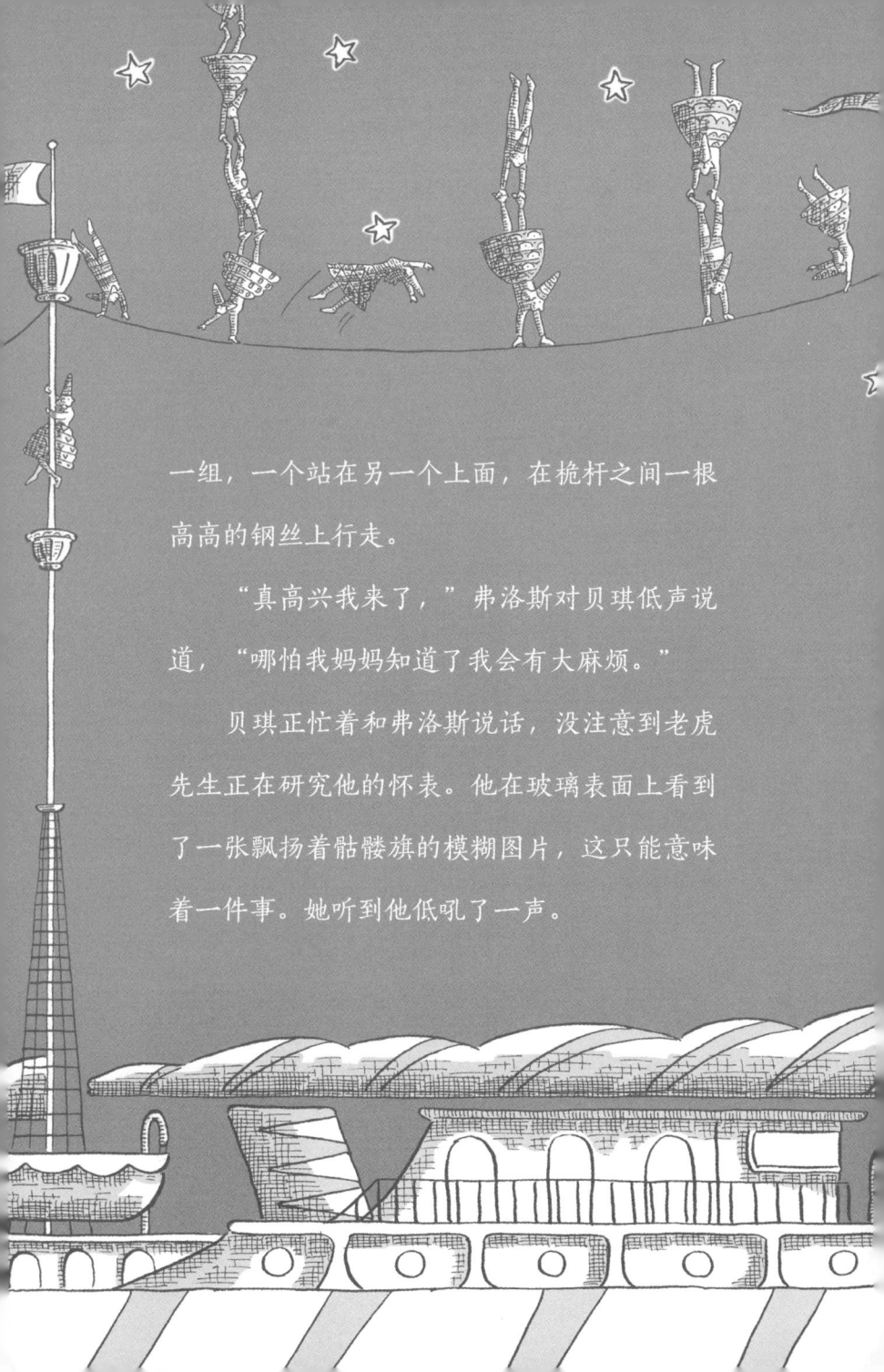

一组，一个站在另一个上面，在桅杆之间一根高高的钢丝上行走。

"真高兴我来了，"弗洛斯对贝琪低声说道，"哪怕我妈妈知道了我会有大麻烦。"

贝琪正忙着和弗洛斯说话，没注意到老虎先生正在研究他的怀表。他在玻璃表面上看到了一张飘扬着骷髅旗的模糊图片，这只能意味着一件事。她听到他低吼了一声。

"这是什么?"

她转过身来看着他问道。

"海盗,"老虎先生说,"烦人的海盗。"

16

"凯特尔·布莱克号"上,海盗们正忙着修补暴风雨造成的破坏。多亏了煮蛋计时器,塞普蒂默斯第一次为船长的早餐煮了一个完美的鸡蛋。

卡利科·凯特尔船长心情大好——如果像他这样一个冷硬派也能有好心情的话。

"另一个蛋呢?"他问。

"我把它安全地放在我的袜子里,装进我的口袋里了,先生。"塞普蒂默斯说。

船长伸出他那只正常的手。

塞普蒂默斯不想交出那枚蛋,他觉得和它有种亲近感。他还从没对鸡蛋有过这样的感觉。

他从袜子里掏出那枚蛋,他们俩都直直地盯着它。毫无疑问——蛋变大了。比鹅蛋还要大。没人会把它误认为一个鸡蛋。

"它一夜之间就长大了,先生。"塞普蒂默斯说。

船长大叫着喊来弹药猴。

"你把在岛上听到的一切都告诉我了吗?想想,小伙子,好好想想。还有其他的吗?"

弹药猴皱起他的脸:"哦,船长,实际上还有一件事。"

"实际上还有什么事?"

"一种节日。叫海龙节。"

"那你之前怎么不说,你这个哼哼唧唧的象鼻虫?"船长一边说一边把弹药猴从船舱里扔了出去。

"我觉得,塞普蒂默斯·普兰克,我们可能挖到宝了。我想这是枚海龙蛋。"

卡利科·凯特尔船长原地跳了一支吉格舞①。

"现在,小伙子,你要给岛上的大人物写封信,告诉他们,如果他们想要回海龙蛋,就必须给我寄一箱金苹果。不,两箱。但话说回来,二不是我喜欢的数字,就写三箱金

---

① 一种活泼欢快的民间舞蹈,源于16世纪的英国。——编者注

苹果吧。"

塞普蒂默斯开始写起来。

尊敬的先生：

救命。我叫塞普蒂默斯·普兰克。我不是海盗，我被绑架了。海龙蛋现在在我的袜子里，很安全。请救救我和我的母鸡。如果您出城左转，然后一直往前走，直到走到悬崖边，然后往右朝着大海走，您就可以找到"凯特尔·布莱克号"，它就在海湾里。提前向您致谢。

您忠实的

S.普兰克（糕点师）

船长数了数字数。

"字的数量似乎比我认为需要的要多。"他说。

"这一个——"他指着"救命"这个词——

"这是什么?我肯定知道。"

"母鸡。"塞普蒂默斯微弱地说。

"我可能不会阅读,"卡利科·凯特尔船长说,"但是当一个煮鸡蛋的人想破坏我的计划时,我是知道的。"他把塞普蒂默斯的信揉成一团,"你以为我是船上的傻瓜吗?你永远也骗不了我,小伙子。我可不是无缘无故被叫作卡利科·凯特尔船长的。你和你的母鸡们要走跳板了……"

"可是，船长……"

卡利科·凯特尔船长举起他的手："你明天早上就去走跳板——等你煮好我的早餐蛋之后。"

17

第二天早上，老虎先生和阿尔比公主一起在格劳瑞先生的咖啡馆里享用早餐蛋。阿尔比公主觉得，既然天气这么好，她可以去骑马。她的游艇上装有马厩，她随船带着她的白色小马。

"我会赶在冰激凌下午茶之前回来的。"她说。

老虎先生的尾巴抽搐起来，他的胡须也让他烦恼——他觉察到有什么不对劲。不过，他不想让公主担心。他掏出怀表,仍然还是一头雾水。表上出现了一只母鸡的图片。他决定应该去问问港务局长关于丢失的煮蛋计时器。这时,爸爸抱着弗洛斯·格林下楼了,弗洛斯在浴室里过了一夜。贝琪带着美人鱼外衣从栏杆上滑下来,像往常一样,在楼梯底部用力一跳落了地。

"爸爸,我能和弗洛斯去游泳吗?"她叫道。

爸爸正在帮弗洛斯坐进他花了几乎一晚上改造的不会漏水的旧婴儿车里,这样,弗洛斯就可以在陆地上被推着移动了。就在这时,集市广场钟楼里的大钟响了起来。这是那种只有在紧急情况下才会响的钟。

老虎先生、贝琪和爸爸赶忙跑去看到底发

生了什么。不幸的是，爸爸忘了拉起婴儿车的刹车，婴儿车缓缓地滚到码头边，颠簸了一下停住，把弗洛斯甩过了港口岸壁。

当爸爸追上婴儿车时，弗洛斯正在大海里。

"别担心，阿方索叔叔，我正想来个晨游呢。"

"我可以和他一起游，是吧，爸爸？"贝琪问。

爸爸慌张地说了声："是的。"话刚一说出口，贝琪就已经穿上美人鱼外衣消失在了大海里。爸爸没时间担心，因为花店的罗丝太太从市政厅跑了过来。

"是只鸡！是只鸡，"她喊道，"海龙蛋已经孵出来了，是只鸡！"

老虎先生大步走进市政厅，一只毛茸茸的黄色小鸡站在金色垫子上，周围是破碎的蛋壳。

"那绝对不是一条海龙。"老虎先生说。

还穿着睡衣的市长从他的公寓来到楼下，看看是在为什么事情大惊小怪。

"哦，不，"他说，"哦，不，不，不。这简直是一场灾难。到底是哪里出了问题？你们觉得是海龙弄错了吗？他来接孩子的时候，我们该对他说什么？我们不能给他一只小鸡。

不，不，不，我得辞职了。"

"一些恶劣的事情正在发生，"老虎先生说，"幸运的是，市长先生，我的船上载有一只热气球。我觉得现在是时候把它拿出来放一放了。"

妈妈开着她巧妙的机器从咖啡馆过来，在市政厅的台阶上遇见了爸爸。

"贝琪和弗洛斯在哪儿？"她问。

"哦，他们游泳去了。不过，默特尔，海龙蛋已经孵出来了，是一只鸡。"

"不，"妈妈说，"这怎么可能。"

"除非，"老虎先生加入他们说，"蛋已

经被盗走了。"

"被盗走了？"爸爸说。

"对，被盗走了——被一个不应该出现在这座岛上的人偷走了。我想找出那人是谁。"

"阿方索，"妈妈说，"帮我回到海里，得有人盯着贝琪和弗洛丝·格林。你跟老虎先生一起。"说完，她消失在了波涛下。

"来吧，阿方索，"老虎先生说，"没有时间可耽搁了。"

"哦，天哪，"爸爸说，刚格隆人已经给热气球充好了气，"我不喜欢高处。"

"我对海盗也是同样的感觉。"老虎先

生说。

"海盗?"爸爸说,"他们从不来这儿的。"

·← 18 →·

前一天晚上,塞普蒂默斯被允许烹制晚饭,海盗们觉得很不错。他在准备饭菜的时候,海龙蛋开始孵化了。塞普蒂默斯简直不敢相信自己的眼睛。当他给所有人上完柠檬蛋白酥皮饼之后,一个你见过的最可爱的海龙宝宝站在了厨房的台面上。塞普蒂默斯从来没见过海龙,不管可爱不可爱。他伸出一只手,海龙宝宝跳了上去,用他的小爪子抓住糕点师的袖子,开始吮吸起来。哦,天哪,塞普蒂默斯想,我该喂他点儿什么?他想知道他会不会想吃一点蛋糕屑。但就在这时,三条腿的比尔来了,他准备把塞普蒂默斯带去货舱。塞普蒂默斯迅速摘下他的糕点师帽子盖在海龙宝宝身上,把他藏了起来。

"明天早上你就要走跳板了,小伙子,"水手长说,"等船长吃过他的鸡蛋。"

"在你把我带到货舱之前,"塞普蒂默斯说,"我把餐具洗了是不是更好?"

由于没有海盗喜欢洗餐具,塞普蒂默斯又得到了15分钟的自由。当他洗完,他把最大的鸡蛋放进袜子里,同时努力向母鸡们和海龙宝宝解释,明天他就必须走跳板了,因为他不会游泳,所以他再也见不到他们了。

最奇怪的一点是:母鸡们和海龙宝

宝好像都领悟到了即将要发生什么。

☆ ☆

塞普蒂默斯在货舱里过了一夜，第二天早上，他给卡利科·凯特尔船长煮了最后一个鸡蛋，海龙宝宝就藏在他的头顶上，在糕点师帽子的下边。莫名其妙地，他把煮蛋计时器塞进了口袋里。

时间到了，那群母鸡和那只公鸡跟着他来到甲板上。塞普蒂默斯的双眼被蒙着，双手被捆在身后。很明显，卡利科·凯特尔船长想让那群母鸡也走跳板，三条腿的比尔叹着气，抱怨着，不得不把它们的眼睛也给蒙上。

"等等！"船长喊道，"装着海龙蛋的袜子在哪儿？"

"在厨房里，船长。"水手长说完派了一

个甲板水手去拿。

塞普蒂默斯走到了跳板的尽头,这时卡利科·凯特尔船长发出一声可怕的吼叫。

"这个蛋不对——快回来,你这个卑鄙的旱鸭子。"

塞普蒂默斯已经别无选择,他跳了下去。

那群母鸡和那只公鸡也跟着跳了下去。

19

妈妈追上了贝琪和弗洛斯。她发现贝琪震惊于眼前所见的一切美景,正在那儿流连忘返。

"快点,跟紧我。你也是,弗洛斯。有人把海龙蛋换成了鸡蛋,它孵出了一只小鸡。偷蛋的人可能就在这附近。"

尽管有如此惊人的消息,贝琪仍在享受能

在水下呼吸、在水下看见和听见东西的新奇感。妈妈和弗洛斯知道催促她是没有意义的。

他们游过了螃蟹和虾生活的锯齿状岩石堆。在他们头顶，太阳散发着光芒，在水面洒下钻石，就在这时，他们看到了一艘停在海湾里的轮船的船底。

"那是一艘不该出现在这里的船。"妈妈说。

弗洛斯想靠近一点看个清楚，但妈妈阻止了他。她从海底看到一个摇摇晃晃的身影站在他们上方的跳板上。就在那个身影像石头一样掉进海里的时候，妈妈呼喊着让弗洛斯和贝琪

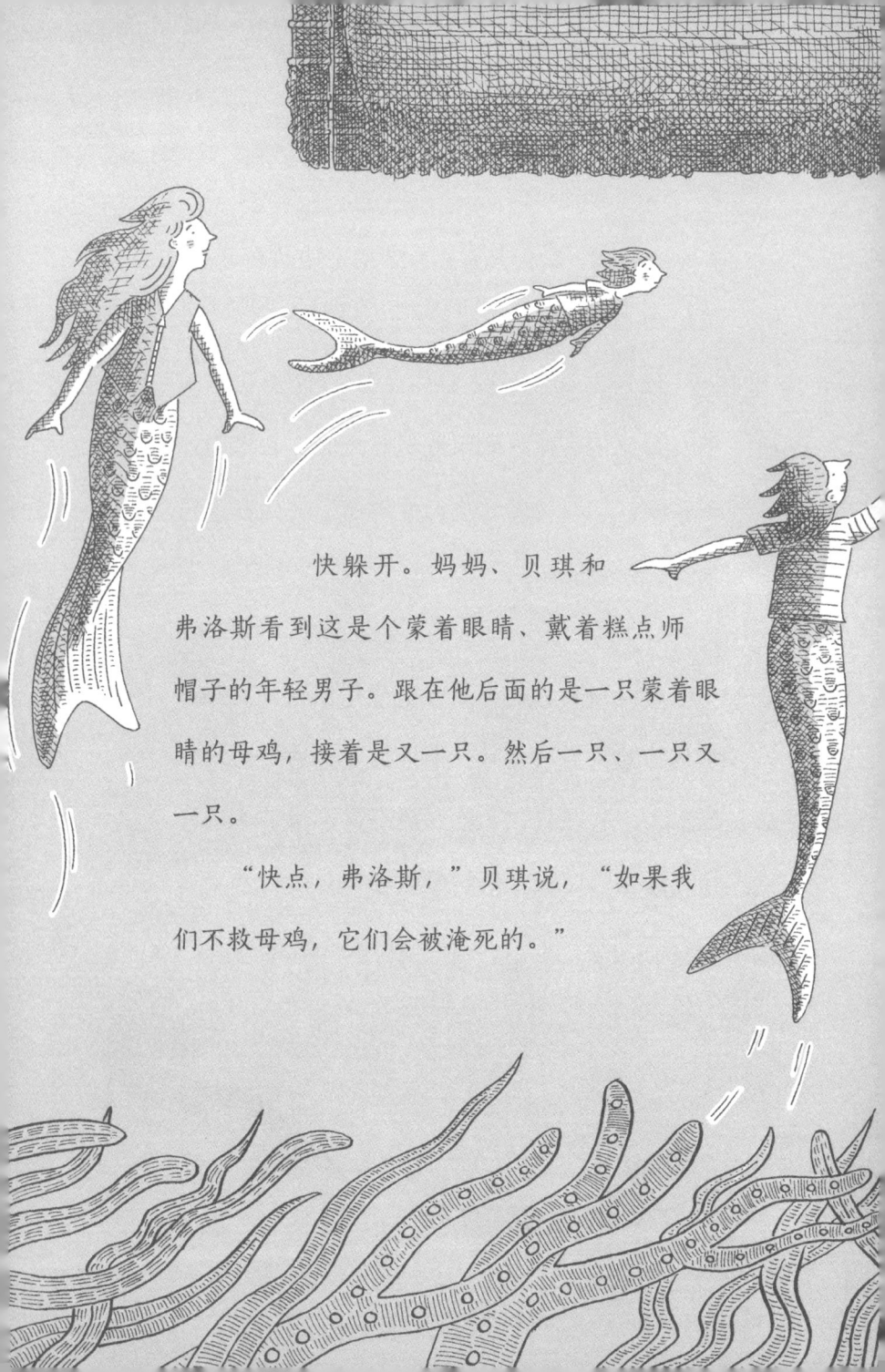

快躲开。妈妈、贝琪和弗洛斯看到这是个蒙着眼睛、戴着糕点师帽子的年轻男子。跟在他后面的是一只蒙着眼睛的母鸡,接着是又一只。然后一只、一只又一只。

"快点,弗洛斯,"贝琪说,"如果我们不救母鸡,它们会被淹死的。"

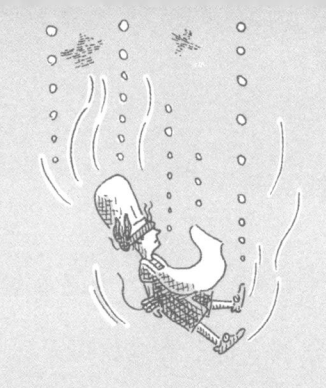

每只母鸡刚一落水,贝琪或弗洛斯就一把抓住它,把这受惊的鸟儿送上岸。塞普蒂默斯很幸运,他的小身材帮了大忙,这样妈妈才能救下他并把他拖到浅水区。她解开捆在他手上的绳子,他从这儿急促而慌乱地爬到了海滩上,用一只手紧紧压着帽子。

如果只有默特尔自己的话,她会问他为什么被要求走跳板。船上飘扬着的骷髅旗让她明

显地意识到,他是从一艘海盗船上跳下来的。

妈妈觉得,海盗旗一点都不喜庆①。贝琪很容易就会被抓住的——她还没有完全驾驭水性。

"来吧,你们两个。"妈妈说,他们开始起身朝港口游去。贝琪开始觉得累了。"跳上来,贝琪。"妈妈说,然后一路背着她回家。

抵达港口时,妈妈和贝琪才意识到,弗洛斯·格林不见了。

---

① 海盗旗的英文为 jolly roger,jolly 是喜庆的意思。——编者注

20

塞普蒂默斯摘下蒙眼布,想知道自己是不是在做梦。他被一条美人鱼救了吗?他坐在沙滩上,茫然地看着两条小人鱼,一个紫头发,一个蓝头发,救出了他所有的母鸡。

同样有着紫头发的美人鱼呼唤他。

"要涨潮了。右边第三个山洞里有石阶,能带你去悬崖顶上。"

她甩了一下尾巴游走了。

塞普蒂默斯·普兰克清点着他的福气和他

的母鸡。海龙宝宝从他帽子下面爬出来，舔了舔他的脸。塞普蒂默斯觉得，除了被浸湿以外，海龙宝宝和母鸡们没有受到任何不好的影响。他沿着鹅卵石海滩朝美人鱼指的山洞走去。海龙宝宝坐在他肩膀上，塞普蒂默斯注意到，自从孵出来以后，他的体形已经增大了一倍。那群母鸡和那只公鸡跟在后边，轻轻地咯咯叫着。

山洞里一片漆黑，犹如黏黏的太妃糖一样黑。但海龙宝宝的眼睛像灯笼一样亮了起来，使得塞普蒂默斯能够看清石阶。他们不停地走啊走，在岩石间拐来拐去。这是一趟缓慢乏味的旅程，因为有些母鸡不像它们本来那么活泼，

塞普蒂默斯不得不停下来等它们。终于，它们见到了明媚的阳光。

　　塞普蒂默斯认出了他现在走的这条小路。他和卡利科·凯特尔船长偷海龙蛋的那天晚上，去往市政厅走的也是这条小路。他在一棵树前停下脚步，把海龙宝宝放回他的糕点师帽子下面，尽可能让自己看上去体面些。就在这时，他注意到，迎面向他走来的，正是之前他见到的站在游艇甲板上的那位美丽的女子。她骑着一匹白色的小马，她看起来像画一样美，像瓷杯一样精致。塞普蒂默斯·普兰克呆若木鸡。

　　阿尔比公主惊讶地发现一个英俊的年轻人，个子只比她高一点，正在一群母鸡的包围下沿着小路走来。

"你被一群母鸡围着在小路上走,是干什么呢?"阿尔比公主问,"你的衣服怎么湿了?"

塞普蒂默斯·普兰克知道在和女士讲话时,他应该摘下帽子。

他摘下他的糕点师帽子,但是还没等他吭声,这位美丽的女士就说道:"而且为什么你的头上会有一个海龙宝宝?"

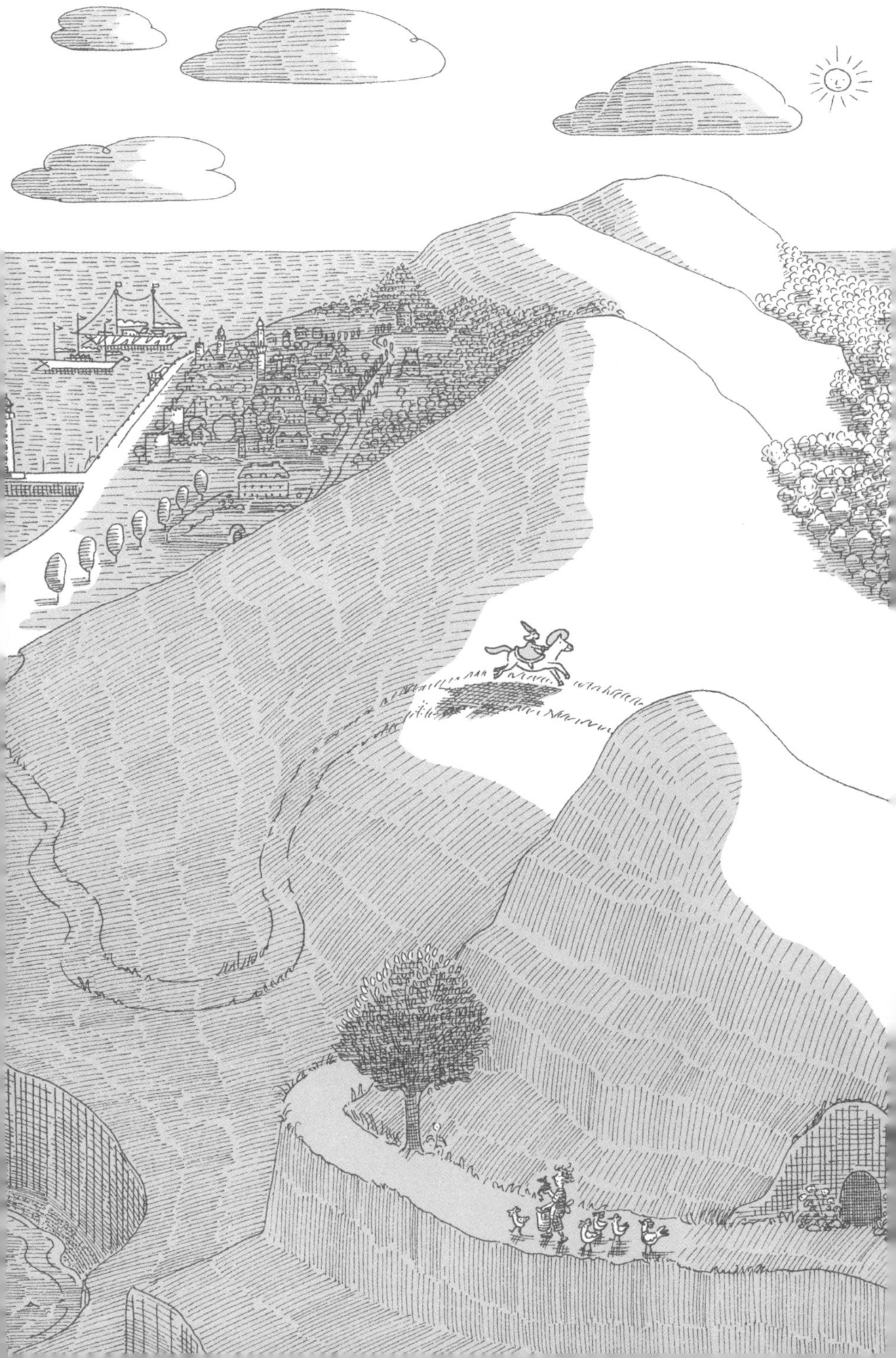

21

老虎先生的热气球配备着刚格隆杂技演员们飞上了蓝天。爸爸俯视着港口边他的咖啡馆,看上去和玩具屋差不多大。

一只海鸥带着满脸疑惑从旁边飞过。老虎先生发出一声吼叫,受惊的海鸥尖叫着飞走了。

"我能适应的。"爸爸说着,松开他紧握篮筐边的手,"哦,我能看见市长就在他的阳台上——还穿着睡衣。看,默特尔和贝琪在水里,"爸爸说,"可是弗洛斯·格林在哪儿?"

老虎先生拿出他的怀表仔细研究了一下。

"我担心,关于弗洛斯·格林,有令人担忧的消息。"他说。

"哦,不,"爸爸说,"别再有令人担忧的消息了。"

"记住,阿方索——勇敢的心,"老虎先生说,"这才是我们需要的。弗洛斯·格林被海盗绑架了。"

"你怎么知道?"爸爸说。

"老虎有它们自己的秘密和胡须,有它们自己的故事和尾巴。"

"哦,天哪,"爸爸说,"先是海龙蛋被调包成鸡蛋,现在又有一个人鱼男孩被海盗绑架。这简直糟糕透了。"

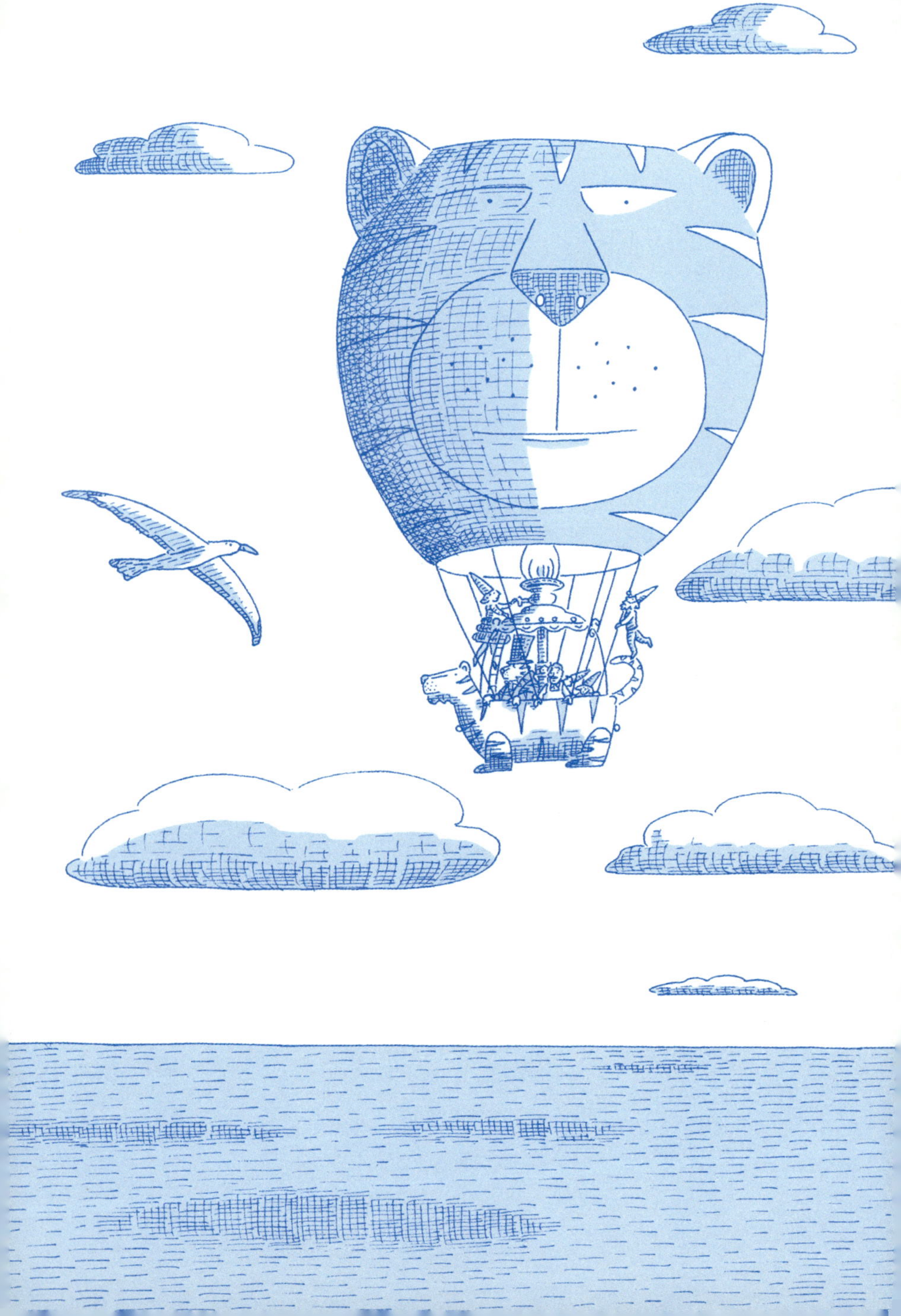

"再快点，再高点。"老虎先生说，刚格隆人往热气球里又灌了一股热气。这下，热气球飞到了更远的海域，不过，他们仍然看不到海盗船的踪迹。老虎先生又研究了一下他的怀表。"请让我们飞到山洞那边的海岸线去吧。"他对刚格隆人喊道。

当热气球绕过潘德拉贡湾旁边的悬崖时，他们发现了"凯特尔·布莱克号"。

"我们太高了，"爸爸说，"我看不见弗

洛斯。"

"降低高度,我勇敢的朋友们。"老虎先生对刚格隆人说道。

热气球持续下降,直到爸爸能辨认出站在甲板上的海盗们正仰头指着他们。

"你现在能看见弗洛斯·格林吗?"老虎先生问。

"不能——再低一点。"爸爸说。

他们继续下降,现在,他们已经近到能看清海盗船长的木手和他的蓝胡子。他似乎在发号施令,海盗们纷纷冲到甲板下,又带着喇叭枪冲上来。

"在那儿,"爸爸说,"在那个桶里,被绑在主桅上——看,就是弗洛斯·格林,他在向我们招手。"

老虎先生拿出扩音器朝弗洛斯喊。

"年轻的心就是最勇敢的心!坚强点——我们很快就会救出你的。勇气!鼓起勇气,我亲爱的年轻朋友。"

就在那一刻,一连串的爆炸声带着子弹飞

向空中，险些击中热气球。

刚格隆人往热气球里灌了几股热气，热气球在枪林弹雨中迅速升上高空。老虎先生和爸爸都明白，他们用热气球救不了弗洛斯。要想

把弗洛斯从这群野蛮的海盗手里救出来，就需要另外制订一个行动计划。

22

贝琪在港口前的台阶上扭动着脱下美人鱼外衣,她把妈妈留在海里,自己冲回咖啡馆。她三步并作两步,爬上那幢高耸迎风的房子的楼梯,然后进到卧室,迅速把自己的美人鱼外衣挂起来。她从床下抓起以前喊妈妈回家的贝壳,然后顺着栏杆一路滑到了楼梯底部。

"那绝对是个记录。"当贝琪回到港口台阶处把贝壳递给妈妈时,妈妈说,"告诉爸爸

不要担心。我需要打一个紧急长途电话。我可能会消失一会儿。"

妈妈刚游走,热气球就降落在了室外音乐演奏台旁边。贝琪跑去告诉爸爸和老虎先生发生了什么。

当她讲到长途电话的部分时,老虎先生说:"在默特尔打电话之前,我们必须告诉她弗洛斯·格林在哪儿。"

他从热气球的吊篮里拿出扩音器,朝着大

海喊起来。他的声音似乎在水面上回荡跳跃。

"默特尔——默特尔——默特尔——默特尔。"

妈妈浮出水面,转过身向他们挥手。

"默特尔,有要事相告!

弗洛斯·格林被掳到了停靠在潘德拉贡湾的海盗船上。如果你听到了就挥两次手。"

妈妈挥了两次手,又潜回水里。

"哦,天哪。"爸爸说。

就在这时,一位惊慌失措的市长拖着彩旗,拿着一本看上去很官方的红金两色的书,步履沉重地向他们走来。

他指着大海说:"这就是信号。告诉我,老虎先生——我们该怎么办?"

"勇敢的心,市长先生,"老虎先生淡定地说,"勇敢的心。什么信号?"

海面上,一股水柱喷向天空。

"根据记录,"市长打开红金两色的书说,"纳吉爸爸通过这个信号告诉大家,海苹果园里的海苹果已经变成了纯金的,他也要回到岛上了。这就是海龙节下半场的开始。"

他们都看着书中的图片。图片展示了地平线上喷涌的一股水柱。

"所以,明天这个节日将会继续,纳吉爸爸会回来接他的孩子。"老虎先生说。

"是的,"市长说,"可是,海龙宝宝不在我们这儿——我们只有一只毛茸茸的小鸡。我们该怎么办,老虎先生?"

23

弗洛斯·格林在桶里能听见卡利科·凯特尔船长和水手长讲话。

"等我们回到世界地图之上,"船长说,"我要把那个人鱼男孩卖个大价钱。"

"谁会买他?"水手长问。

"动物园。或者任何有水上游乐设施的地方。"

"我喜欢你的思路,船长,"水手长说,他叹了口气,"可惜糕点师偷了海龙蛋,骗我

们失去了金苹果。"

水手长和船长看到塞普蒂默斯·普兰克不知怎的就上了岸,但他们放下划艇去追他时,他已经不见了。就在那时,他们抓住了人鱼男孩。

三条腿的比尔正要下去船舱里,他突然看到地平线上有什么东西:"快看,船长,那儿是什么?"

"哪儿?"船长说着,掏出他的望远镜。

"那儿。"水手长指着说。

"那是一股水柱,"船长说,"鲜绿色的高耸入云的水柱。"

弗洛斯——在某种程度上——是一个非常聪明的人鱼男孩,自从

被俘之后,他一句话都没说过。船长以为他不会说话。

"鱼说不了话,"他对三条腿的比尔说,"我估计人鱼男孩更像一条鱼而不是一个男孩。"

弗洛斯突然有了一个主意。他知道海盗们喜欢宝藏和秘密。

他一字一句地说道:"我在《美人鱼之古老的海上传说》中读到,水柱意味着明天岛上将继续举行海龙节。"

船长和水手长都惊呆了。

"他会说话,"卡利科·凯特尔船长说,"再说一遍,人鱼男孩。"

弗洛斯告诉他们,海龙蛋应

该已经孵出来了，海龙会回到岛上接他的海龙宝宝，还会带来一个金苹果。

"就一个金苹果？"船长说，"你确定？"

弗洛斯接下来告诉船长的是他当场编的。

"有时他会带更多。"弗洛斯说。

"他有时会不会带成箱的金苹果来？"船长问，"比如说，三箱？"

"哦，会的，有时会，"弗洛斯·格林说，他的手指在桶里交叉着①，"实际上，经常发生。而且岛上的居民会穿上化装服，打扮成鸡蛋或海龙去参加节日盛典。"

卡利科·凯特尔船长来回踱着步，陷入了沉思。

---

① 交叉手指意为祈求好运，或者像弗洛斯一样在说善意的谎言时为自己开脱。——编者注

最后,他召集全体船员。

"听着,我的伙计们,"他说,"明天将是我们抓住海龙宝宝并带回家三箱金苹果的唯一机会——还有一个珍贵的人鱼男孩。"

船员们欢呼起来。

"我们要怎么做呢,船长?"弹药猴问。

"我们要开始裁剪、缝合、粘贴。别光站在那儿,你们这群婆婆妈妈的水兵,赶快做鸡蛋去。"

当海盗们试图用帆布、绳子、渔网和其他所有闲置的东西制作蛋和龙时，弗洛斯全都看在了眼里。一天结束，当海盗们试穿他们的装束时，弗洛斯努力保持严肃的表情。他从来没见过比这更傻的景象。弗洛斯觉得，唯一的麻烦是，当卡利科·凯特尔船长发现岛上没有任何人穿化装服时，他就会知道弗洛斯撒了谎，

并且让他白忙活了一场。那样也许不会有好结果。弗洛斯开始想象动物园里是什么样。

24

"这是塞普蒂默斯·普兰克。"那天下午，当阿尔比公主在咖啡馆里坐下时，她对爸爸、老虎先生和贝琪说。和她一起的，是一个完美的、矮小的，戴着一顶糕点师帽子的海盗。

"你好。"贝琪说。

她立刻就认出了他是妈妈之前救的那个落水海盗，她想知道那群母鸡是否安全。她朝桌子下面瞥了一眼，但没有看到它们。

塞普蒂默斯的脸上流露出困惑的表情。他敢肯定这就是救了他那群母鸡的人鱼孩子中的一个。他也朝桌子下面瞥了一眼,发现小女孩并没有美人鱼的尾巴。不过,她那头紫色的头发绝对错不了。

"我想,"他说,"我要感谢你和你的朋友救了我的母鸡。"

"它们在哪儿?"贝琪问。

"在我的游艇上,"阿尔比公主说,"在

马厩里。"

贝琪不确定塞普蒂默斯·普兰克是个好海盗还是个坏海盗,但她没有说出来,因为她注意到阿尔比公主的眼睛里有闪光。

"塞普蒂默斯非常勇敢,"阿尔比公主接着说,"实际上,他是个英雄,而且他有个故事要讲。"

"一个故事?"老虎先生亮出他那尖尖的

白牙,"他有很多要解释的。塞普蒂默斯·普兰克到底是谁?他是怎么成为海盗的?还有,一个海盗在这个世界地图上找不到的小岛上做什么?"

塞普蒂默斯第一次正式看到老虎先生,他差点从椅子上摔下来。

"好——好吧……"他说。

"我猜,"老虎先生说,"这和猩红的妖风有关吧?"

"是的,"塞普蒂默斯说,"你怎么知道?"

"这真是个好问题,但不是我想回答的问题。"老虎先生一边说,一边活动着他锋利的

爪子,盯着塞普蒂默斯的眼睛。

"这太让人凌乱了。"塞普蒂默斯颤抖着说。

他正在努力适应遇见一只老虎,遇见一只会说话、穿着外套、戴着礼帽的老虎的事实。

"让人凌乱,爸爸?"贝琪问。

"意思就是一切都很奇怪,让人心绪不宁,肚子里有一种不正常的感觉。"爸爸说。

"你的凌乱告诉我,你肯定是来自世界地图之上的,"老虎先生说,"否则,你就会知道我是一个以我的名字命名的非凡马戏团的指挥。"

塞普蒂默斯说不出话来。他习惯一个从左到右,从 A 到 Z,一周从周一开始,一年到 12 月 31 日结束的世界。在那个世界里,老虎就是老虎，不是什么马戏团的指挥。

也难怪塞普蒂默斯感到凌乱。他是如此凌乱，都忘了他帽子下面的海龙宝宝。

"这里所有的一切都是颠倒的，乱七八糟的。"他说。

"我们都需要一些冰激凌来提提神，"爸爸说，"当你吃的时候，塞普蒂默斯，你可以告诉我们你是怎么变成海盗的。"

爸爸捧着托盘回来了，盘子里摆放着装满了他的覆盆子劲颤之乐冰激凌的高玻璃杯。

"我从来没有当过海盗，"塞普蒂默斯

说,"我是一个糕点师,在一艘游轮上被绑架了……"他吃了一大口冰激凌,然后一口又一口,"哇,这真是太好吃了——良好的开头和永远幸福快乐合二为一的那种好吃。做一个冰激凌蛋糕是我的梦想,有了这个冰激凌,我可以做一个多好的蛋糕啊。"

"品尝冰激凌蛋糕一直是我的梦想。"阿尔比公主说。

贝琪注意到公主的脸上泛起了红晕,她把这个秘密藏在了心里。

就在这时,塞普蒂默斯的糕点师帽子从头上翘了起来,从下面钻出一条小海龙。这个小家伙爬到塞普蒂默斯的肩膀上,然后顺着他的胳膊滑到桌子上。他用后腿站立,舔着塞普蒂

默斯杯子里剩下的冰激凌。

"那真是一个帅气的纳吉纳格,"老虎先生说,"而且是个各方面都很健康的宝宝。我必须向你表示祝贺。"

爸爸拿来一些他为纳吉爸爸特别制作的冰

激凌，放在小海龙面前的碟子里。当小海龙把所有的冰激凌都舔光了，塞普蒂默斯的故事也讲完了——包括他是怎么调包海龙蛋的。

"我还偷了煮蛋计时器，"他补充道，"在这里。"

他把它从口袋里掏出来放在桌子上。

老虎先生对此咆哮了一声，但是接着把他的橙棕色条纹爪子放在这位年轻人的肩膀上，然后说道："尽管你有海盗般的行为，但我们还是非常感谢你。要不是你救了这个小家伙，我们就会颜面扫地。他的父亲，纳吉爸爸，明天就要来把小家伙带给他的妈妈，纳吉妈妈，在位于海浪之下七十里格的海苹果园里。"

一丝悲伤的表情从塞普蒂默斯的脸上掠过。他摸摸海龙的头,小家伙翻过身来让塞普蒂默斯挠他的肚子。小海龙高兴得咯咯叫起来。

"看他走我会很难过的,"塞普蒂默斯说,"我越来越喜欢他了。"

"看样子,"爸爸说,"纳吉纳格也会想你的。"

"现在,塞普蒂默斯,"老虎先生说,"如果你能把关于'凯特尔·布莱克号'的一切都告诉我们,将是莫大的帮助。卡利科·凯特尔船长抓到了一个人鱼男孩,他是阿方索的外甥,我们必须想办法营救他。"

塞普蒂默斯把他知道的一切都告诉了他们。当太阳把它的洗澡水抛向天空,准备睡觉时,塞普蒂默斯也结束了讲述。

25

现在，我们字母表里的字母们，完全搞不清该怎么讲述这段故事才最好，因为太多本该在一起的人都不在一起。

默特尔在海里的某个地方，正给她的珊瑚姐姐和海妖歌手们发送长途信息。

海盗们装扮成蛋和龙的样子，武装到牙齿，正准备袭击这个在世界地图上找不到的小岛。

弗洛斯·格林还待在那个绑在"凯

特尔·布莱克号"桅杆上的大桶里。

阿尔比公主在她的游艇上，正试戴她的王冠和冠状头饰，看哪一个最适合她。

塞普蒂默斯·普兰克在阿方索·格劳瑞咖啡馆的厨房里，正绞尽脑汁做一个也许能吸引阿尔比公主的冰激凌蛋糕。

老虎先生也在咖啡馆里，正思考着他的计划。

至于贝琪，她刚从床上爬起来。

所以你们看，费了一大张纸和一小支笔，

我们还是搞不定。我们决定，应该让我们那蝴蝶般的词汇自由地飞翔，希望能让你们一瞥一切尘埃落定之前发生了什么。

如果尘埃不能落定，那我们将有大麻烦。不管怎样，还是继续讲故事吧。

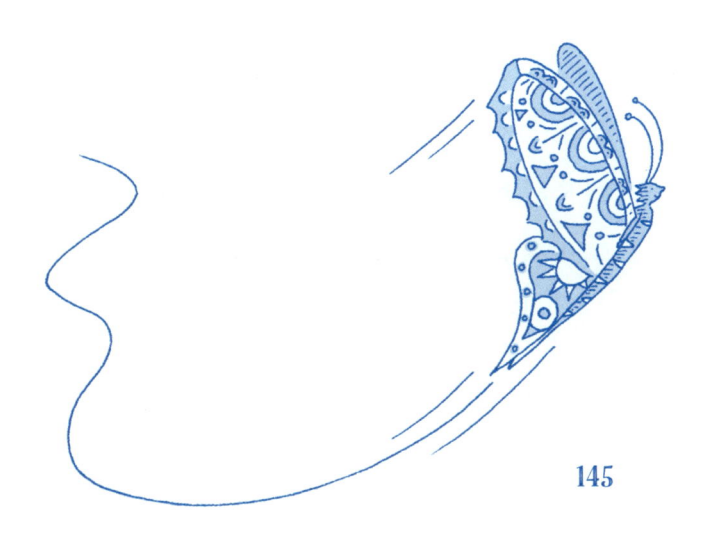

26

那天早上,海龙节下半场的早上,老虎先生站在咖啡馆的窗前。塞普蒂默斯请他照看那条小海龙,老虎先生注意到这个生物一夜之间已经长大了不少。他现在有一只小兔子那么大,又或者,一只大兔子那么大了。

老虎经常沉思,而老虎先生在沉思如何营救弗洛斯·格林。他掏出怀表,凝视着表上的图片。上面出现了一个下边长着腿,两边长着手的鸡蛋。鸡蛋的顶部扣着一顶海盗帽。嗷,老虎先生想，真有意思。

他听到砰的一声，那只意味着一件事：贝琪用力一跳落在了楼梯底部。

"早上好，我活泼的小家伙。"老虎先生说。

"脆皮蛋糕，"贝琪看到海龙时说，"他长大了。"

"海龙就是这样。"老虎先生说着，用爪子轻轻地挠小海龙的头。他又看了一眼怀表。现在显示的好像是端坐在蛋盒里的半打鸡蛋。然后他意识到那是一艘划艇，而且后面跟着另一艘划艇，这一艘装的是半打海龙。

"贝琪，能麻烦你把市长带到我这儿来吗？他正在港务局长的房子那儿为装饰彩旗出主意。"

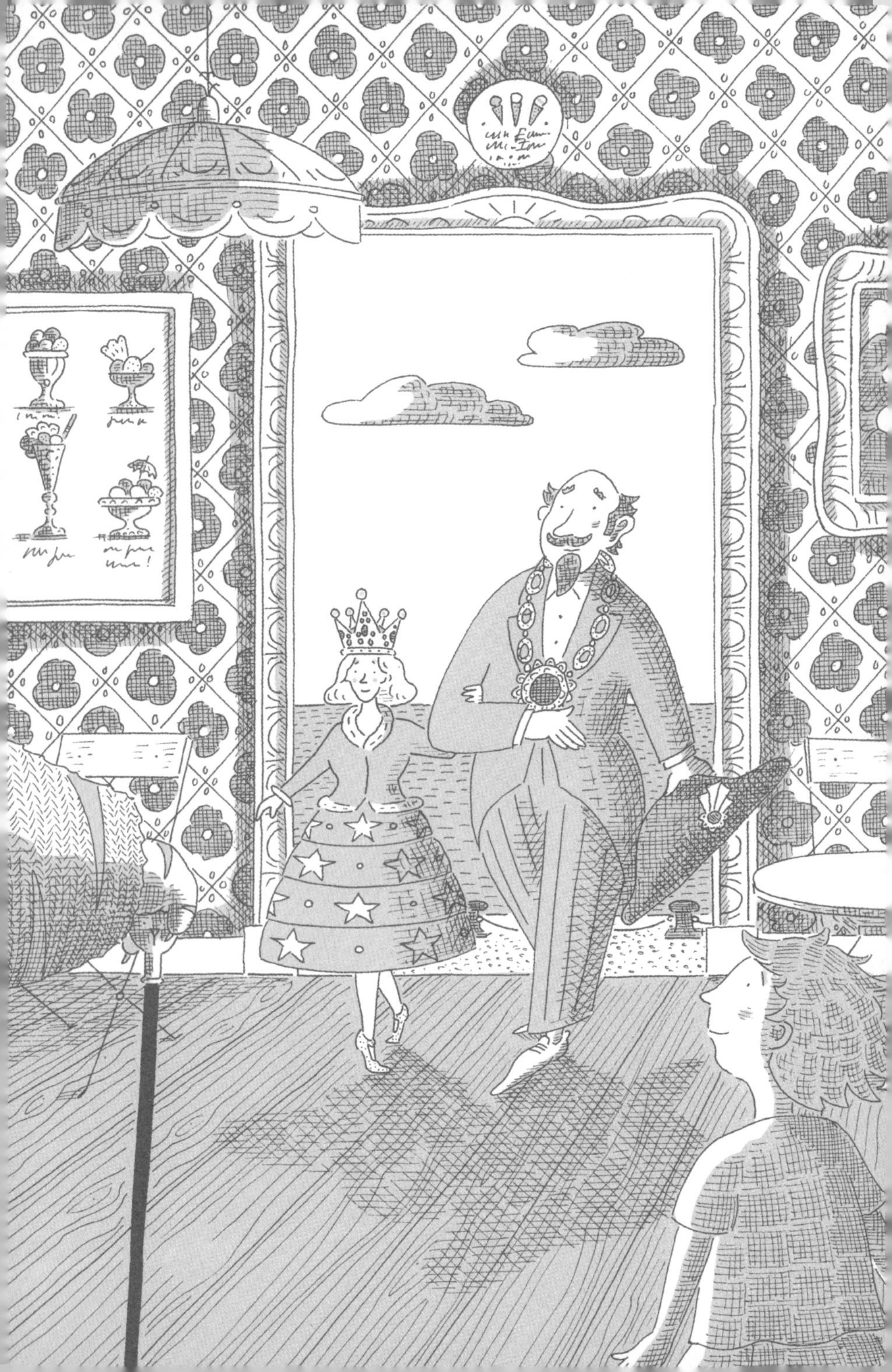

贝琪高兴地按照他的要求去做了。

市长的脖子上佩戴着象征他官职的链徽，脚上穿着一双实在太小的鞋。这是他唯一的一双闪闪发亮的鞋，他在书上看到，市长总是应该在海龙节的下半场穿闪闪发亮的鞋，即使这双闪闪发亮的鞋碰巧太小了。

他带着扭曲的脚趾和扭曲的表情，被阿尔比公主挽着胳膊走进了咖啡馆。阿尔比公主戴了一顶十分适合她的王冠，就像王冠该有的那样。

"太好了，"老虎先生说，"现在，市长先生，我相信今天的狂欢节上会有惊喜。"

"是的，"市长说，"一些孩子做了海龙样式的装束。"

"他们有海龙蛋样式的吗？"老虎先生问。

"确实有。这是给纳吉爸爸的一个惊喜。纳吉纳格的出现真是让人松了一口气——还有煮蛋计时器。现在我不必辞职了。"

市长正准备坐下来歇歇脚,老虎先生说:"我希望你把岛上的居民都召集到室外音乐演奏台旁。"

"现在?"

"是的,现在。劳驾你了。"

市长一瘸一拐地走了。

老虎先生邀请刚格隆杂技演员们来到咖啡馆和他一起。他们摘下他们的尖顶帽子,围成一圈,这样他们就不会漏掉他要说的每一个字。当马戏团指挥讲完,杂技演员们离开了,然后很快又带着梯子、一张大渔网、一团绳子和许多彩旗回来了。

"你有方案了,老虎先生,"贝琪和阿尔比公主一同说道,"我们知道你会有方案的。"

27

卡利科·凯特尔船长打扮成了一个鸡蛋。

他发现从鸡蛋里往外看十分费劲,他跟戴了马眼罩的马一样尴尬。三条腿的水手长比尔也是,他也扮成了鸡蛋。弹药猴穿着一套海龙装束,从里往外看也丝毫不容易。船长命令所有的鸡蛋登上一艘划艇,所有的海龙登上另一艘划艇,并在"凯特尔·布莱克号"上留少量人手,以防有人试图上船营救人鱼男孩。

扮成鸡蛋划起船来十分费劲,扮成海龙也

是。船已经来回绕了好几圈,直到海盗们终于能在不弄湿自己装束的情况下上岸。他们的麻烦还没有结束。当然,他们不知道山洞里的秘密石阶,所以他们费了好大劲才爬上悬崖,然后还要走很长一段路才能到达镇上。刚格隆杂技演员们正在瞭望,然后冲到格劳瑞先生的咖啡馆,报告了他们看到的情况。

他们发现老虎先生站在室外音乐演奏台上,正准备发表一场更令人难忘的演讲。刚格隆人在他耳边小声把这个消息告诉了他。

"在世界地图上找不到的小岛的居民们,"老虎先生说,"此前我不想惊动你们,但是现在,我需要你们的帮助。你们一定要勇敢,因为我知道你们会的。有一艘名为'凯特尔·布莱克号'

的海盗船现在就停在潘德拉贡湾。"

"哦,不,"人群里传出呼喊声,"这不可能。"

老虎先生举起爪子示意安静。

"勇气,我亲爱的人们,我们需要勇气。今天海盗们会扮成鸡蛋和海龙来到这儿。我相信,他们是为了执行任务:捉住纳吉纳格,偷走纳吉爸爸打算作为答谢礼送给你们的金苹果。当他们来到镇上的时候,我希望你们表现得好像什么怪事都没有发生。最重要的是,不要让他们起疑心,觉得我们把他们当成了参加节日庆典的岛民以外的人。"

花店的罗斯太太举起了手。"我们怎么把他们和参加嘉年华的孩子们区别开来呢？"她问道。

"海盗的块头更大，罗斯太太，"老虎先生耐心地说，"而且他们的装束会很显眼。比如，海盗船长的腿上会穿条纹马裤，鞋子上会有锁扣。他的鸡蛋装束顶上也会戴着海盗帽。也就是说，他们不难发现。我们必须把他们引到格劳瑞先生的咖啡馆，一旦他们到了那儿，我和刚格隆人就知道该怎么做了。勇敢的心，我的朋友们，如果今天我们想把这座岛从这些贪婪的海盗手里拯救出来，我需要的就是你们勇敢的心。"

"他们来了。"刚格隆杂技演员们喊道。

"记住——勇敢的心!以及装作什么都很正常。"老虎先生说。

28

默特尔联系上了她的姐姐珊瑚,珊瑚和海妖歌手们迅速游到了这座在世界地图上找不到的小岛附近。默特尔在潘德拉贡湾的海底与她们会面,就在"凯特尔·布莱克号"的船身下边。

"不管我们唱什么,"珊瑚说,"没有一个长腿的人,我们是接触不到弗洛斯的。"

"是的,"默特尔说,"我想到了。待在这儿,我马上就回来。"

她的尾巴一甩，转身以最快的速度向港口游去。她到的时候，老虎先生刚好结束他的演讲准备返回咖啡馆。爸爸见到她感到如释重负。

"我不能久留，阿方索，"妈妈说，"叫下贝琪，让她带上美人鱼外衣。她要和我一起帮忙营救弗洛斯·格林。"

"这是个好主意吗？"爸爸说。

"这是我唯一的主意了。"

爸爸环顾四周，看到几只长着腿的摇摇晃晃的鸡蛋和东倒西歪的海龙来到了镇上。他们看上去一点也不友好。

爸爸镇定地走进咖啡馆。

"贝琪，海盗来了，"他说，"妈妈在港

口前的台阶那儿等你。她想让你帮忙营救弗洛斯。快点,拿上你的美人鱼外衣。"

"脆皮蛋糕——一次冒险!"贝琪一边说,一边冲上楼抓起她的美人鱼外衣,然后顺着栏杆滑下来,但这次她没有用力一跳。她停下脚步,意识到自己第一次感到了害怕。老虎先生刚到咖啡馆,他问发生了什么事。

"我们一直都是一起冒险的,"贝琪说,"你不能和我一起去吗?我感觉肚子里充满了可怕的小鱼。"

老虎先生双膝着地,他以前从来没这么做过,直到他宏伟的脑袋和贝琪的一样高。他的

金色眼睛直直地盯着贝琪的眼睛。贝琪觉得他甚至可以看到她肚子里那些可怕的小鱼。

"老虎，"他说，"会游泳，却不能在水下呼吸。贝琪·K.格劳瑞，你是我见过的最勇敢的女孩。你可以做到的。"然后，他把她举起来给了她一个拥抱。

贝琪觉得，他毛皮的气味是她闻过的最令人安心的气味，足以让她感到勇气十足。她不会让老虎先生和妈妈失望的。

贝琪正要跑出咖啡馆时，门被猛地推开了，一个戴着海盗帽的摇摇晃晃的"鸡蛋"走了进来。

"你也是参加节日庆典的吗？""鸡蛋"对老虎先生说。

"毋庸置疑。"老虎先生说。

"你说的是什么语？"卡利科·凯特尔船长说，受鸡蛋服的影响，他的声音显得有些杂乱。

"英语，"老虎先生说，"就是毫无疑问的意思。"

"吓老子一跳。你为啥不这么说呢？那，这是卖冰激凌的咖啡馆吗？"

"对，是的。"爸爸说。

"而且今天对任何装扮成海龙或鸡蛋的人，冰激凌都是免费的。"老虎先生补充道。

"让我尝尝，"卡利科·凯特尔船长说，"我可不相信穿着花哨的装束，用着像'毋庸置疑'这样花哨的词语的人。"

"您想要什么口味的？"爸爸问。

"你的意思是——除了香草味，还有其他口味？"

"毋庸置疑，"爸爸说，"我们有里布尔覆盆子奇迹、巧克力太妃之乐、爆料柠檬糖、草莓烟火、满满跳花生、默特尔的薄荷味奇迹、巧克力樱桃之乐和尼克博克……"

当爸爸背菜单的时候，贝琪和老虎先生溜了出来。

29

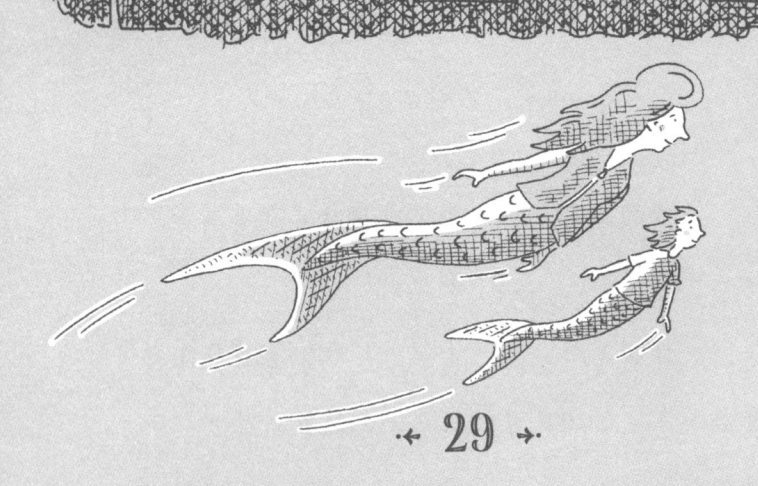

顺着潮水,贝琪和妈妈很快就来到了"凯特尔·布莱克号"下边的海底。贝琪惊讶地看到这里聚集了如此多的美人鱼。

"你好,贝琪——天哪,哦,天哪,多漂亮的衣服。"珊瑚姨妈说,她的头发是柠檬黄色,"妹妹,我怎么不觉得你能织出这么一件海中瑰宝啊。我很高兴你还记得壳里的习俗。"

"'壳'是美人鱼口中的家。"妈妈低声说道。

"哦。"贝琪略带紧张地说。

她没料到珊瑚姨妈会这么直白。

"我用鲨鱼的牙齿说话,"珊瑚姨妈说,"但我的心却像水母一样柔软。欢迎你,贝琪。现在,我们不知道船上有多少海盗,也不知道他们是不是都会睡着,所以我们派乌龟去叫后援了。姐妹们,"她转向其他的美人鱼说,"如果我们准备好了,就开始吧。"

然后她们开始唱歌。

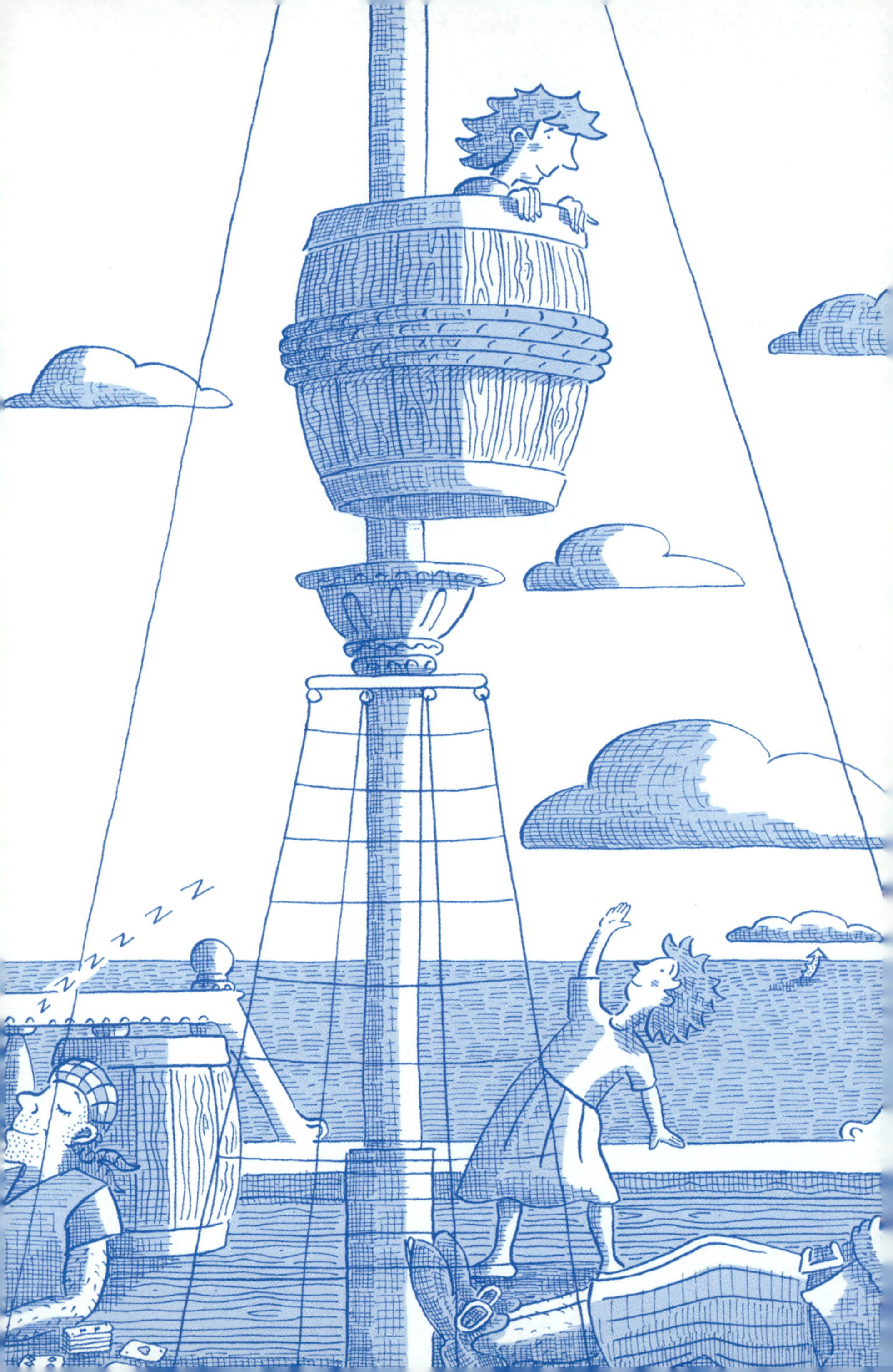

30

在"凯特尔·布莱克号"的甲板上,留下的海盗们享用了一小杯朗姆酒后在打牌。他们正处于一种十分愉悦的心情——那种当你知道老板不在,而且你不会因为不守规矩而受到责备的心情。

他们正打算下到厨房吃点东西,这时他们

听到了歌声。它是如此动听，高音悠扬，像风铃一样叮当作响。歌词唱的是对家和床的渴望。海盗们听着听着就想起了他们的妈妈，想起了他们的家人，想起了他们成为流氓老水手之前的日子。听着听着，他们开始犯困，直到他们几乎睁不开眼。很快，他们都蜷缩起来，做着关于他们安稳的童年时光的梦。

妈妈帮贝琪脱下美人鱼外衣，这样她就可以顺着绳梯爬到甲板上。

一到甲板上，贝琪就感觉勇气十足。她的肚子里一条可怕的小鱼都没有了。当她蹑手蹑

脚地经过熟睡的海盗时,她想象着老虎先生就在她身边,她很高兴看到弗洛斯·格林安然无恙。弗洛斯·格林也很高兴看到贝琪,因为他受够了被困在桶里。当贝琪告诉他,他的妈妈就在下边等他时,他就没那么高兴了。

贝琪正在想怎么帮弗洛斯从桶里出来,回到海里去,这时发生了一些事情。一些突如其来的她根本摸不着头脑的事情。"凯特尔·布莱克号"以如此大的角度倾斜,贝琪只能紧紧抓住桅杆,才避免一路滑到船尾。

"哦,脆皮蛋糕,"她说,"这感觉不太好。"

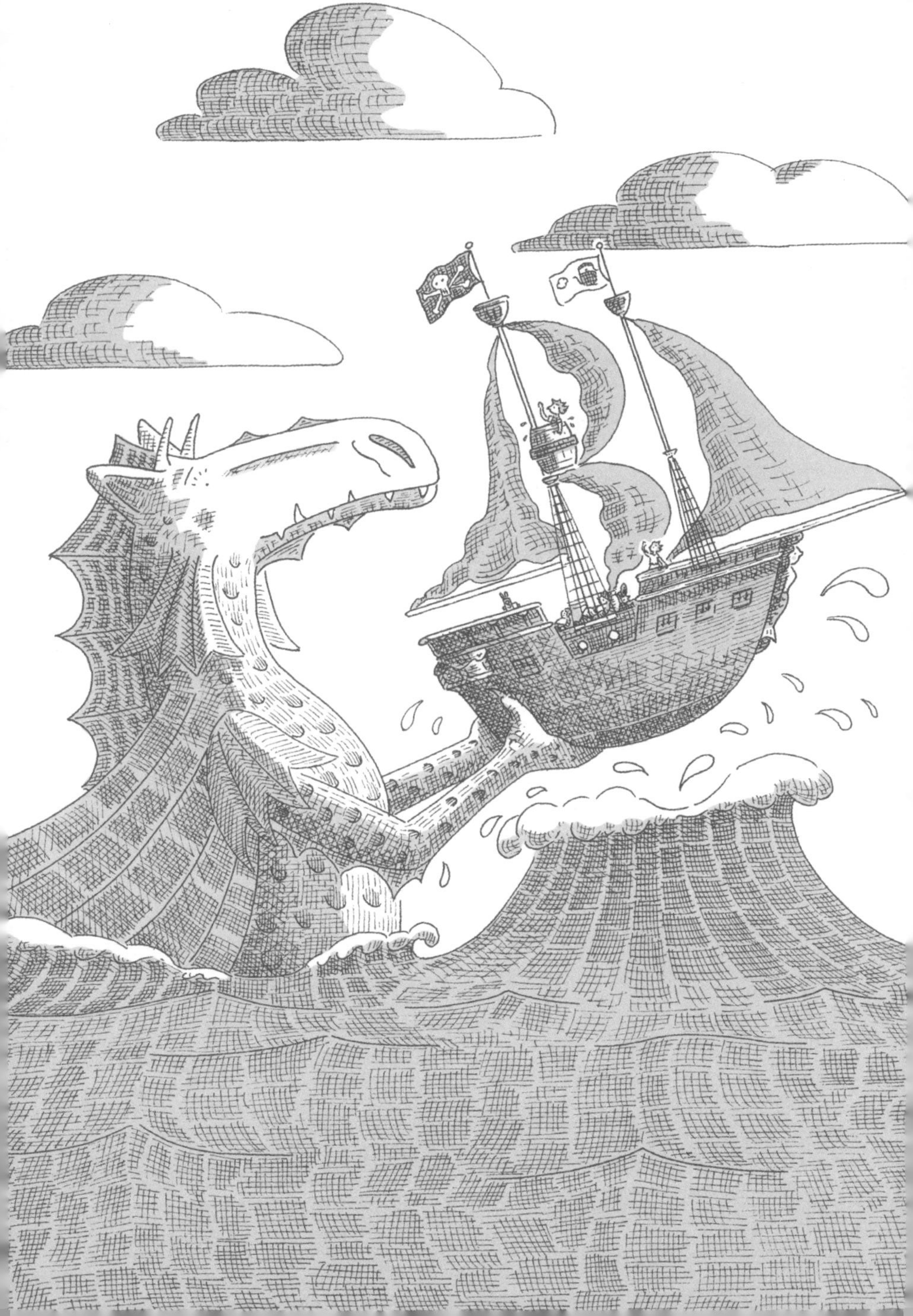

弗洛斯紧紧抓住桶的边缘，水从桶里倾泻出来。接着，"凯特尔·布莱克号"摆正了船身，并从海中高高升起，航行在云端。海盗们依然睡得很香。

贝琪小心翼翼地朝旁边看了看。

"船被一条巨大的海龙抓起来了，"她说，"我不记得我上次见到纳吉爸爸时他有这么大。你觉得他长大了吗？"

"也或许，"弗洛斯说，"这是纳吉妈妈。她应该非常大。"

"但她从来没有离开过海苹果园。"

"我想万事都有第一次。"

"哦，双层脆皮蛋糕，"贝琪说，"你会讲丹吉尔语吗？"

"会一点，"弗洛斯说，"妈妈不是很喜欢。"

"我觉得此时这不重要。纳吉妈妈一定是你妈妈让乌龟去请的后援。告诉她我们在这儿。"

"！＊？＃￠！"弗洛斯用丹吉尔语说。

没有回复。

"喂，纳吉妈妈——我们在这上边呢，你这个深海里的双目大怪物。我们不是，重复一遍，不是海盗。"

"告诉她，她的蛋已经孵化了，她的孩子很安全。"贝琪说。

"你的蛋已经孵出来了，"弗洛斯用他最好的丹吉尔语说，"你有一个漂亮、健康的海龙宝宝。"

突然，一只大眼睛直直地盯着他们。这只

眼睛凑了上来，接着是一个脑袋和一只爪子，然后，纳吉妈妈捧起一个睡着的海盗，拎在面前晃了晃，把他整个吞了下去。她的脸上浮现出若有所思的表情，接着她打了个响嗝。浑身沾满黏液还在呼呼大睡的海盗落到了甲板上。

"他难吃死了。"纳吉妈妈说。

"海盗不是用来吃的。"弗洛斯说。

"问问她是否愿意把我们送回港口去。"

贝琪说。

"丹吉尔语是一种精练的语言,"弗洛斯说,"粗鲁着说就对了。"

"换种方式,试着说'劳驾'。"贝琪说。

"把我们送回港口去吧,你这个满身脂肪、爱打嗝的大肉球,"弗洛斯说,"劳驾。"

31

送走贝琪后,老虎先生就回到了咖啡馆。他的计划很简单:用免费的冰激凌诱使海盗们落入圈套。没过多久,所有的海盗蛋和海盗海龙们都推搡着挤进了咖啡馆。阿方索正忙着招待他们。

卡利科·凯特尔船长摘下帽子坐下来。他从未尝过任何像阿方索的冰激凌那么美味的东西。他和其他海盗们都想尝遍所有口味。等他们把勺子舔干净,刚格隆人已经展开线团,悄

悄地绑上海盗们的靴扣和木腿，把海盗们绑在了一起。

与此同时，其他的刚格隆人也悄悄溜了进来，等待着老虎先生给他们发信号。

当卡利科·凯特尔船长尝完第六种口味——默特尔的薄荷味奇迹——之后，他发现自己动不了了。有那么一会儿，他以为这可能跟吃太多冰激凌有关。不过，他马上意识到，他和他

的船员们已经被绑在了一起。他好不容易从鸡蛋服下掏出手枪,瞄准了老虎先生。

"把我们的靴子解开,"他吼道,"否则你就会成为我船舱地板上的地毯。"

爸爸躲到了柜台后面,老虎先生发出一声可怕的咆哮。

就在这时,市长穿着袜子,甩着象征他官职的链徽冲进了咖啡馆。他把链徽重重地砸在

卡利科·凯特尔船长的鸡蛋脑壳上。鸡蛋裂了，船长来回摇晃了几下，也摔倒在了地上。

老虎先生举起爪子，刚格隆人从天花板上松开渔网和彩旗，降落下来，将海盗们一网打尽。阿方索、塞普蒂默斯、市长和刚格隆人确保没有一个海盗跑掉。

但是外边传来了尖叫声和呼喊声——人们

呼喊着从咖啡馆前跑过,"看啊,看啊!"

老虎先生举目望去,一条巨大的海龙在一队美人鱼的护航下游进了港口。

"是纳吉妈妈,"老虎先生说,"而且她捧着'凯特尔·布莱克号'。看来,贝琪在没有我的情况下成功地营救了弗洛斯·格林。"

32

海盗们在刚格隆杂技演员们的看守下无法逃脱。所幸,刚格隆人不讲丹吉尔语,他们根本不知道海盗们有多粗鲁。

阿尔比公主也许看起来像瓷杯一样精致,但真正的她像水泥一样结实。她安抚了岛上的居民,说大家都不要担心,他们都很安全,纳吉妈妈不会再靠近了。她走上前去,欢迎挤进了港口、正在码头边等着的纳吉爸爸。

老虎先生也加入她。

"亲爱的纳吉爸爸,欢迎你。我们很高兴告诉你,你的海龙宝宝已经孵出来了,纳吉纳格确实是一条非常漂亮的海龙。"

塞普蒂默斯抱着纳吉纳格走到码头边上。纳吉爸爸用后腿站起来,高高耸立在塞普蒂默斯面前,然后伸出他的前爪,小心翼翼地从塞普蒂默斯身边接过沉睡的小海龙。纳吉爸爸开始用丹吉尔语说话。

默特尔和珊瑚以及海妖歌手们刚刚一起游到码头边,她向岛民们翻译。

"他说,"默特尔说,"'哦,我可爱的小野兽,我完美的喜气洋洋的小宝贝,'——

我觉得没错——'多么梦幻的龙啊,你是一个多棒的纳吉纳格啊。'"

镇上的居民们欢呼雀跃。

纳吉爸爸继续讲下去。

"我和我亲爱的另一半谢谢你们,你们这些长着腿的小东西。三个烂金苹果几乎不值一提,更别说拿来感谢你们了,我们能为你们做些什么呢?"

默特尔尽了最大的努力把他话里的热情传达给岛民们。在回复的时候，她把一切都告诉了纳吉爸爸：关于海盗和他们是如何偷蛋、如何绑架她的外甥弗洛斯·格林，以及弗洛斯和她的女儿贝琪在他妻子握着的海盗船上的经历。

"如果我们的孩子能回来，我们会不胜感激，你这个长满鳞片的大海鼻涕虫，"默特尔说，"也许你和纳吉妈妈可以把海盗们从岛上赶走。"

"说得很好。"珊瑚对她妹妹说。

纳吉爸爸盯着他熟睡的幼子。当他抬起头时，他的眼里闪着愤怒的红光。

"最让我气愤不过的，"纳吉爸爸说，"就

是那些像咸海狗一般腥臭的、唱着水手号子的的海盗。"

他朝港口那边大喊，纳吉妈妈还在用巨大的爪子握着"凯特尔·布莱克号"。

"把海盗们带出来，"默特尔对老虎先生说，"让纳吉爸爸好好看看他们。"

又多又强壮的刚格隆杂技演员们把一包一网打尽的海盗抬到了码头边。

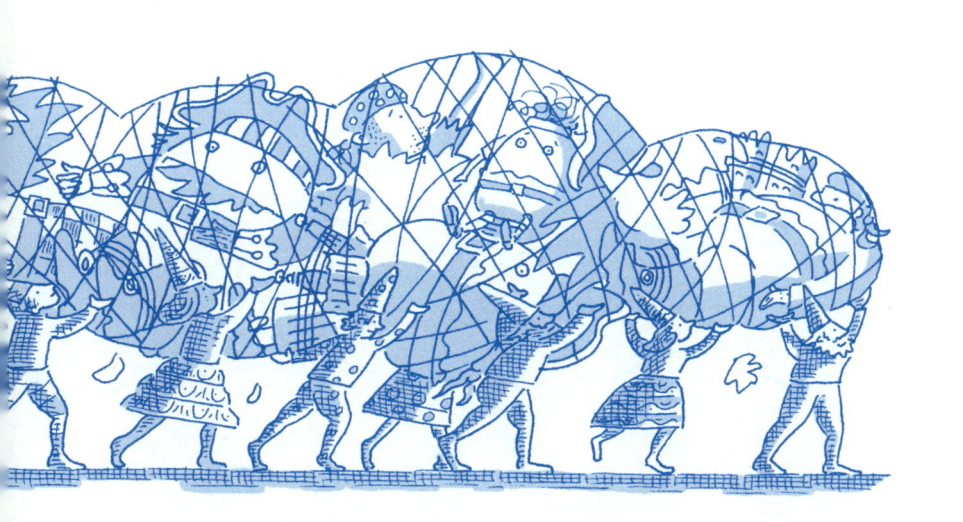

"噢,我颤抖的木手,"卡利科·凯特尔船长说着,从他那破碎的鸡蛋服里盯着纳吉爸爸,"我们完蛋了,我的伙计们。"

纳吉爸爸对付海盗时,把纳吉纳格交给了塞普蒂默斯。他拿起渔网,小心翼翼地避免损坏港内的船只,蹚着水朝纳吉妈妈游去。他将网拖在身后,网里的海盗们尖叫着,用丹吉尔语不停地说着脏话。他将满满一网的海盗丢在了"凯特尔·布莱克号"上,然后用爪子轻轻抱起贝琪和格林,回到了港口,默特尔和珊瑚

正在那里等待她们的孩子。

在码头上所有人的注视下，纳吉妈妈鼓起双颊，朝着"凯特尔·布莱克号"的船帆使劲吹气，船就像打水漂的石块那样，回到了世界地图之上。岛上居民的欢呼声吵醒了小纳吉纳格，看到妈妈，他尖叫着扭动着挣脱了塞普蒂默斯。他扇动翅膀，跳进了水里，然后立刻沉了下去。他的爸爸把他捞上来，他们和纳吉妈妈团聚在了一起。

伴随着各种叫喊声、各样的抛帽庆祝，以

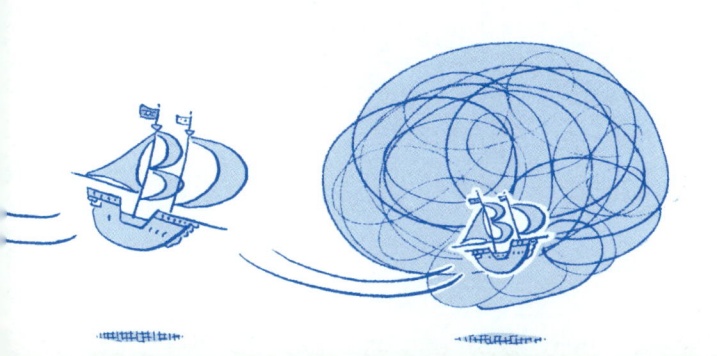

及像"因为他是一个快乐的小伙①"这样的合唱声,这一家回到了他们位于海浪之下七十里格的海苹果园。他们离开后,市长才发现码头上留下了三箱金苹果。这座在世界地图上找不到的小岛上的居民一人一个。

---

① *For He's a Jolly Good Fellow*,英语世界一首广为流传的歌曲,在生日、婚礼等场合,唱以许愿,祈祷好运、健康或以示庆祝。——编者注

· 33 ·

我们，字母表中的字母们，注意到了一些很有可能你们也注意到了的事情。那就是塞普蒂默斯·普兰克。他没有和海盗们一起离开，他重返世界地图之上的希望也就破灭了。但我们不得不说，如果他为此感到沮丧，那他从没表现出来过，一点也没有。他径直回到咖啡馆，走进了厨房。

那是不同寻常的一天。那是有着盛大庆典的一天，是那种当你感到忧郁时，你梦寐以求

的一天。那天的每分每秒都充满了欢乐气息。阿尔比公主感到很难过,塞普蒂默斯没能和她一起享受这一天。

老虎先生看到她闷闷不乐就说:"笑笑吧,我亲爱的公主,因为今晚会有惊喜等着你。"

你可能还想知道和妈妈团聚后的弗洛斯·格林发生了什么。有趣的是,珊瑚对他如此淘气很愤怒,但不知怎的,所有的愤怒都变成了宽慰,宽慰又变成了对他安全归来的喜悦。他告诉她,

他非常非常抱歉,并且保证再也不会游走了。默特尔补充说,弗洛斯救母鸡的时候表现出了极大的勇气,贝琪也说,他帮助她学会了在水下游泳。

那天晚上举行了一个宴会。哦,你应该看到了吧。不过等一下——你当然可以看到。

所有的桌子都摆放在港口边,刚格隆人把纸灯笼挂在通往星星的铁丝上。月亮低下头看发生了什么,因为它对马戏团很感兴趣。珊瑚

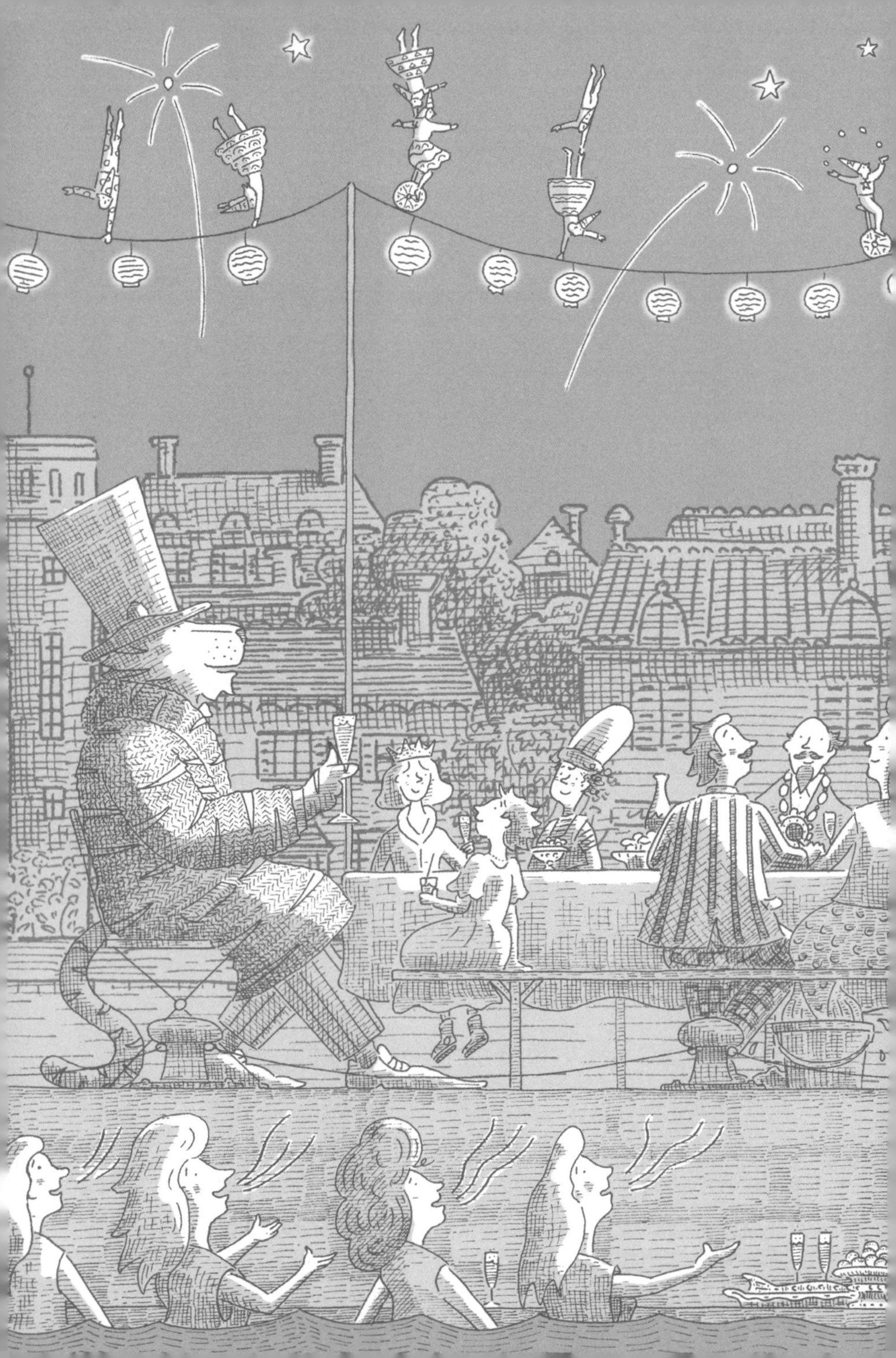

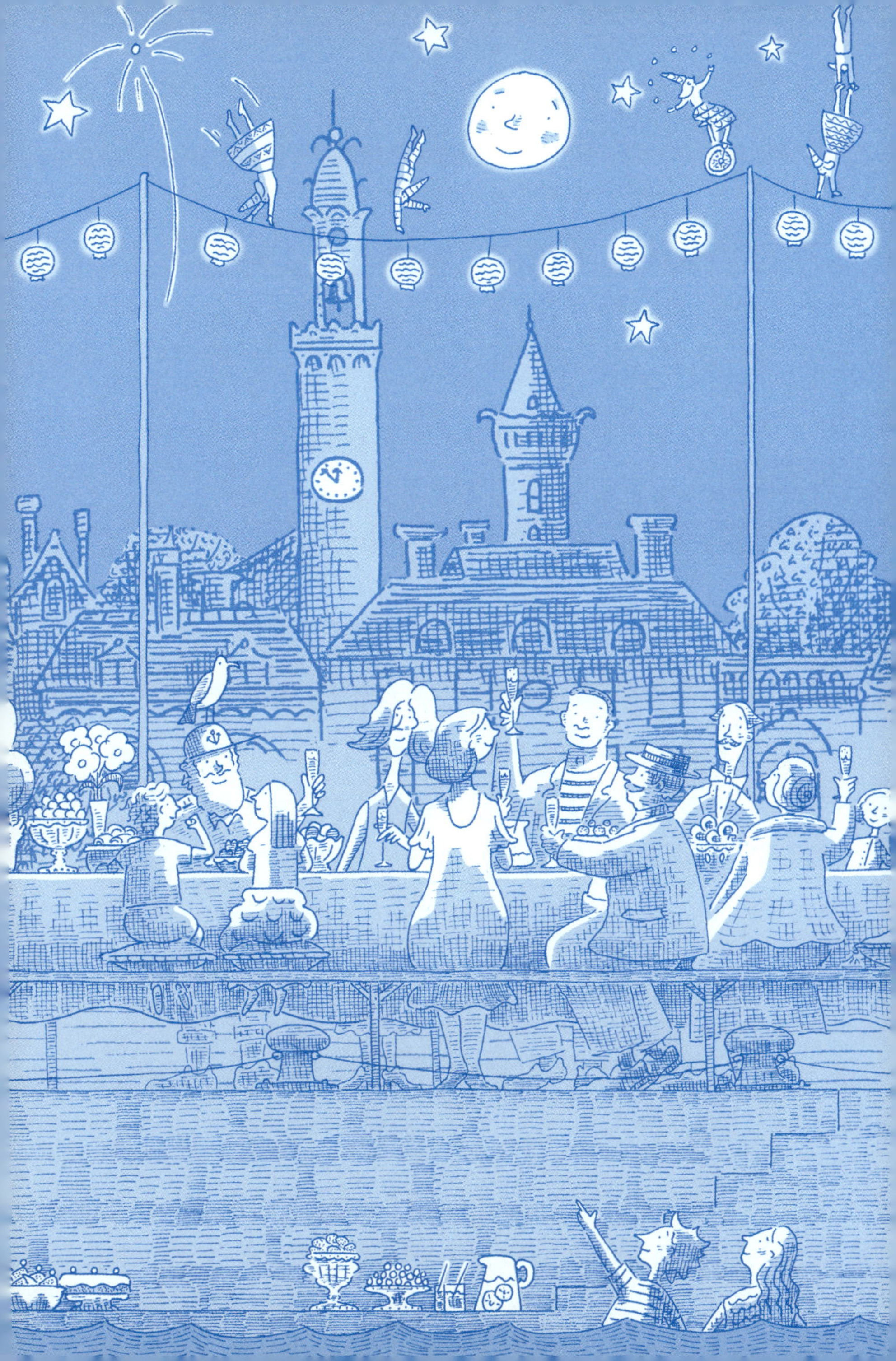

和海妖歌手们举行了一场音乐会,当星星闪耀,刚格隆人表演起了杂技,然后加入到岛民们的宴会之中。

妈妈坐在爸爸身旁,尾巴放在水桶里。爸爸坐在贝琪旁边,贝琪坐在老虎先生旁边,老虎先生坐在阿尔比公主旁边,阿尔比公主坐在塞普蒂默斯旁边,两个人看上去都十分快乐。阿尔比公主戴了另一顶冠状头饰,贝琪戴着她的金海马,它在项链上闪闪发光。

晚餐结束时,塞普蒂默斯走进咖啡馆,端出一个他专门为阿尔比公主制作的冰激凌蛋糕。蛋糕上面用糖霜绘制了一颗心。

阿尔比公主的脸红了。

"这是我为你做的,用我所有的爱。"塞

普蒂默斯说。

阿尔比公主吃了一勺冰激凌蛋糕。

"吃起来有种永远幸福快乐的味道。"她看着塞普蒂默斯说。

"脆皮蛋糕,"贝琪说,"你们俩要结婚吗?我能当伴娘吗?哦,我特别向往参加皇家婚礼。"

阿尔比公主微笑着握住塞普蒂默斯的手。"我也是。"她说。

公主还没来得及说下一句话,老虎先生站起来要发表演讲。

"女士们先生们,向勇敢的心致敬,知悉

这座岛已经安全,今晚我们可以安稳地睡个好觉了。"岛上的居民们鼓起掌来,"此外,市长和阿尔比公主已经决定,必须做点什么帮助默特尔和阿方索·格劳瑞拥有一座更适合人鱼居住的房子。"

"是啊,也是时候了。"岛上的居民们喊道。

"明天,房子和咖啡馆就要动工了。水滑梯、水电梯、水床等现代美人鱼可能需要的一切设施都会安装起来。我来举杯……"

"敢一起再去冒一次险吗?"贝琪小声说。

"敢一起再去冒一次险。"老虎先生说,他掏出怀表仔细研究了一下,"好吧,累坏我的胡子,看上去好像有什么激动人心的事情要发生了。"

"你确定吗？"贝琪问。

"确定，"老虎先生说，"一百刚格隆地确定。"

"你怎么知道的？"贝琪说。

"因为，贝琪·K.格劳瑞，老虎有它们自己的秘密和胡须，有它们自己的故事和尾巴。"

作者的话

我衷心希望这个系列的所有书都能有一个大铜管乐队来伴奏,我深信故事的跌宕起伏会让乐队鸣响不停。我十分享受写这本书的过程,很开心再次回到这些角色的创作上。这本书依然采用了阅读障碍症友好字体,并用蓝色印刷。

我想要感谢和风出版社(Zephyr)的菲欧娜·肯尼迪、杰西·普莱斯和克莱门斯·杰昆特;感谢我的助理艾米莉亚·巴勒特惊人的耐心和幽默感;感谢热情洋溢的杰克·贝特曼;感谢芙蕾雅·科里的智慧和尼克·马兰德绝妙的插画。没有尼克的画,这本书就不会如此美妙。

最后我想说:想象力是思想的独角兽。你需要每天喂养它,照料它,使它变成奇迹之物。想象力是每个孩子与生俱来的伟大天赋,我认为我们需要培养它,而不是用考试摧毁它。唯一能使想象力生长的就是故事和游戏,并且相信不可能会变得可能,并努力使其可能。

莎莉·加德纳
2019 年 5 月,英国萨塞克斯郡

编者的话

《老虎先生，贝琪和海龙》是著名童书作家莎莉·加德纳最新系列作品的第二部。这部小说通篇都是由字母来讲述的。莎莉说："字母是文学作品中不被歌颂的英雄，它们组成了灵活多样的词语，你只需要热爱语言，并能充满想象地运用它们。"

事实上，莎莉小时候患有严重的阅读障碍症[1]，被认为是"教不了"的孩子。她不得不去上特殊的学校，她直到14岁才学会阅读。但是，长大后的莎莉成了一名出色的作家。当获得卡内基文学奖之后，她发现阅读障碍症也可能意味着创造力的天赋，人们应该包容这样的孩子，对他们更有信心。她后来还创建了阅读障碍症公益组织 NUword。

本书的原文采用了一种对阅读障碍症读者友好的字体，中文版在编排时尊重作者的用意，尽量选择了最接近的中文字体，并保留了原书的蓝色。希望对所有孩子来说，这本书读起来都是轻松顺畅的。

---

[1] Dyslexia，一种阅读和拼写障碍，通常是由于大脑不能协调一致地处理视觉和听觉信息而引起的。这种读写障碍常常与年龄和其他认知或学习能力无关，是多种形式的语言障碍表现之一。

脆皮蛋糕!

《老虎先生,贝琪和蓝月亮》
已出版

　　从前,一个妈妈是美人鱼的人类女孩贝琪,遇上一位神秘的老虎先生,他们要一起解救变成癞蛤蟆的公主和她的小岛。

　　他们需要收集刚格隆浆果,制作可以许愿般好吃的冰激凌,在月亮变蓝的时刻,让许下的愿望成真。

脆皮蛋糕！
《老虎先生，贝琪和金海马》
即将出版

当贝琪来到美人鱼所在的水下世界，她发现这里可能有怪物、沉船和一场一触即发的战争。

这一次，老虎先生和贝琪要乘坐他们的新潜艇，赶在阿尔比公主的婚礼之前，让海面恢复平静。